古典詩歌研究彙刊

第二九輯

龔鵬程 主編

第2冊

魏晉南北朝楚辭學研究（下）

李 玉 婉 著

國家圖書館出版品預行編目資料

魏晉南北朝楚辭學研究（下）／李玉婉 著 -- 初版 -- 新北市：
花木蘭文化事業有限公司，2021〔民 110〕
目 4+170 面；17×24 公分
（古典詩歌研究彙刊 第二九輯；第 2 冊）
ISBN 978-986-518-320-2（精裝）
1. 楚辭 2. 六朝文學 3. 研究考訂
820.91　　110000258

ISBN-978-986-518-320-2
9 789865 183202

古典詩歌研究彙刊
第二九輯　第 二 冊　　ISBN：978-986-518-320-2

魏晉南北朝楚辭學研究（下）

作　　者　李玉婉
主　　編　龔鵬程
總 編 輯　杜潔祥
副總編輯　楊嘉樂
編　　輯　許郁翎、張雅淋　美術編輯　陳逸婷
出　　版　花木蘭文化事業有限公司
發 行 人　高小娟
聯絡地址　235 新北市中和區中安街七二號十三樓
　　　　　電話：02-2923-1455／傳真：02-2923-1452
網　　址　http://www.huamulan.tw 信箱 service@huamulans.com
印　　刷　普羅文化出版廣告事業
初　　版　2021 年 3 月
全書字數　224116 字
定　　價　第二九輯共 12 冊（精裝）新台幣 25,000 元　版權所有・請勿翻印

魏晉南北朝楚辭學研究（下）

李玉婉 著

目次

上冊

下　冊

第五章　魏晉南北朝楚辭體賦與楚辭

賦的分類歷來都是豐富的，褚斌杰先生遵明代徐師曾《文體明辨》的分類，把賦分為古賦、俳賦、文賦、律賦四類；張正體《賦學》〔註1〕中將賦分為：騷賦、辭賦、駢賦、律賦、文賦、股賦。馬積高《賦史》〔註2〕中將賦分為：騷體賦、詩體賦、文賦，其中文賦又以賦的發展階段分為逞辭大賦、駢賦或俳賦、律賦和新文賦。賦與騷的關係從宋玉起便不可分割，騷體賦最明顯的特徵是繼承了騷體「兮」字及騷體句式。騷體句式被引入賦，這一舉動是意義重大的，對於駢賦的形成也有著重大的影響。本書並遵褚先生之說，那些以「賦」名篇的，都為賦體。魏晉南北朝楚辭體「賦」共有 171 篇〔註3〕。在這些作品的基礎上，本章對魏晉南北朝的楚辭體賦進行整體的考察。

魏晉南北朝賦的文體變化較為複雜。在篇幅上較之於漢代大賦縮短，在句式上仍舊沿用「三 X 二兮，三 X 二」為主。南朝時期開始，楚辭體賦明顯捨棄了上述句式，採用「二兮二」「三兮二」「三兮三」的

〔註1〕張正體，張婷婷著：《賦學》，臺北：臺灣學生書局，1982 年 8 月。
〔註2〕馬積高：《賦史》，上海：上海古籍出版社，1987 年。
〔註3〕在篇名的輯錄中出現分歧的，本書以《全上古三代秦漢三國六朝文》中的記載為依據。

句式較多，篇幅更加短小，甚至只有幾句。但那部分作品，因其流傳下來的篇名以「賦」為名，我們仍舊把這些作品列入楚辭體賦的考察範圍。這個現象，與整個「賦的詩化」現象重合。

魏晉南北朝的楚辭體賦創作豐富，從作家到作品數量都較為龐大。建安楚辭體賦呈現了楚騷的復歸，無論是題材還是感情上，建安文人對屈原的認同感都比較強烈，王粲、曹植、曹丕還形成了群體唱和的楚辭體賦創作，他們以楚辭體寫同樣的題材，抒發時事與個人的感慨，尤其是曹植，因為他自身的經歷而形成的愁苦氣質在其楚辭體賦中體現的尤其明顯。正始時期以嵇康阮籍為代表，嵇康的詠物賦中寄寓是其在壓抑政治環境下不的體現，而阮籍有《清思賦》，較為直接地師法屈宋的神女之作。兩晉時候，騷怨精神漸漸淡化，傷悼、哀逝以及離思等成為楚辭體賦鍾愛表達的情感。陶淵明的不遇之中沒有了強烈的痛苦，而是多了怒目金剛式的批判色彩。南北朝山水抒情賦興起，以楚辭體來創作者不乏少數，但是這時候楚騷的精神內核已經被消化，呈現了無異於其他賦的特色，楚辭體的選擇更多是體式上的沿用。南朝出現了江淹這樣的擬古大家，在他的擬古作品中，楚辭體賦也佔有相當重的分量。江淹善於悼亡題材的創作，他的楚辭體賦作中以世俗化的情感注入，缺少了屈原原始的愛國以及人格高潔等較為獨特個人性的表達，與西晉潘岳的風格有著類似之處。

總體說來，魏晉南北朝的楚辭體賦在形式上呈現著詩化的特徵，在題材與情感上，出現了建安時期的楚騷精神的高度復歸，伴隨著朝代更迭與社會發展，世俗化的選擇成為了兩晉南北朝文人的創作傾向。

第一節　魏晉南北朝楚辭體賦的文體考察

魏晉南北朝楚辭體賦的文體形式繼承漢代而來，基本繼承了楚辭體賦所獨有「三 X 二兮，三 X 二」句式。但是又出現了不同的特色，東晉到南北朝時期楚辭體賦的「詩化」現象就值得關注。

一、漢代楚辭體賦句式結構的發展

《文心雕龍・詮賦》中稱賦體文學是「興楚而盛漢矣。」漢代的賦體，大致有三類，散體大賦、騷體賦和小賦。「『騷體』賦是指在體制上極力模仿『楚辭』並且以賦名篇的作品。」〔註4〕對於魏晉南北朝的楚辭體賦，要從漢代楚辭體賦的發展來說起。

如本書緒論中論述到的那樣，楚辭體有兩種突出的句式，其中一種為「三X二兮，三X二」句式，大量使用這一典型的楚辭體句型，是楚辭體文學的一個重要現象。

在《楚辭章句》中收錄的楚辭作品中，《離騷》《九章・惜誦》《九章・涉江》《九章・哀郢》《九章・抽思》《九章・思美人》《九章・惜往日》《九章・悲回風》《遠遊》中皆大量使用此句式。這一形式的使用，延續宋玉及漢代的楚辭作品，如《九辯》《惜誓》《七諫・沉江》《七諫・怨世》《七諫・怨思》《七諫・自悲》《七諫・哀命》《七諫・謬諫》；嚴忌《哀時命》《九歎》。這些作品在句式上，大多數是採用「三X二兮，三X二」，在結構上，有些繼承了亂辭，有些則沒有。

除了《楚辭章句》中收錄的嚴格模擬屈辭的作品，還有大量的漢賦中也同樣使用了「三X二兮，三X二」的句式。李慧芳在《漢代騷體詩賦研究》中統計有38篇嚴格擬騷和52篇騷散相間的賦作，一共90篇。〔註5〕這些賦中，有賈誼《旱雲賦》、揚雄《太玄賦》、崔篆《慰志賦》、梁竦《悼騷賦》等等，此類大部分都用了這種楚辭體句式。

同時，又有大量的賦作以去「兮」的「三X二，三X二」為主導句式。如賈誼《簴賦》「牧太平以深志，象巨獸之屈奇」，這樣的結構與楚辭體句式存在這較為密切的聯繫，但是因為缺少「兮」，不被列為楚辭體文學範圍之內。漢代作家將這種楚辭體句式去「兮」，並在賦中大

〔註4〕褚斌杰：《中國古代文體概論》（增訂本），北京：北京大學出版社，1990年，第84頁。

〔註5〕李慧雙：《漢代騷體詩賦研究》，杭州：浙江大學出版社，第176～191頁。

量使用，以致楚辭體在漢代已經完成了形態的變異，最終成為了沒有「兮」字的文體賦。提及這點，主要是從句式角度考察漢代文體賦對《楚辭》的繼承，這種省去「兮」字的結構，是賦中普遍的存在，以此可觀，賦體文學中，一部分正是對屈原《離騷》《九章》的學習，經宋玉的弘揚發展而來，這部分賦與楚辭有著密不可分的聯繫。當然，漢代的楚辭體賦除了運用典型的楚辭體句式，也是有不同字數的雜言混合使用。如董仲舒在《士不遇賦》中，除了「三 X 二兮，三 X 二」，還有三言、四言與六言，共同構成了賦的語句形式。

郭建勳先生認為：「還有一些賦體作品，其中夾雜著一些零星的楚辭體句，以增加賦作中句式的變化，如司馬遷的《悲士不遇賦》、曹植的《洛神賦》、江淹的《別賦》《恨賦》等，楚辭體句式只是作為一種抒情狀物的修辭手段引入作品，而起一種輔助性的作用，因而少量楚辭體句的存在不足以改變他們文體賦的本質。」〔註 6〕本書並不同意這種說法。有些賦中，「兮」字數量較少，但從楚辭體句式和篇章結構來看，它們繼承了楚辭體的特徵，這種賦也可以稱為楚辭體賦。

從漢代楚辭體賦的發展看來，出現了「兮」字，並以「三 X 二兮，三 X 二」句式為主導，並且篇名稱作「賦」的，都可以列為楚辭體賦。

從漢代楚辭體賦的整體看來，這些賦一般都篇幅較長，抒發情感強烈，描摹場景大氣磅礴，同時，許多楚辭體賦也以「亂辭」作結，將楚辭體的抒情特性發揮地很好。

二、魏晉南北朝楚辭體賦句式結構的變化

從魏晉到南北朝，楚辭體賦的結構發展經歷了兩個階段。

魏晉時期，楚辭體賦延續漢代賦的特色，形成了以「兮」為標誌，以楚辭體「三 X 二兮，三 X 二」為主的句式特徵。但隨著「兮」字使用頻率的逐漸降低，「三 X 二，三 X 二」式也與楚辭體句式，並伴隨

〔註 6〕郭建勳：《漢魏六朝騷體文學研究》，湖南：湖南教育出版社，1997 年，第 44 頁。

四言、五言、七言等混合使用，從而構成楚辭體賦。句式上呈現騷、散結合的樣式；篇幅上，呈現逐漸減短的趨勢。

這部分作品有：

王粲《登樓賦》《迷迭賦》、應瑒《慜驥賦》、繆襲《喜霽賦》《籍田賦》、曹丕《迷迭賦》《柳賦》、曹植《愁霖賦》《迷迭香賦》《離繳雁賦》《蟬賦》《思歸賦》、阮籍《首陽山賦》《獼猴賦》《清思賦》、向秀《思舊賦》、傅玄《喜霽賦》《大寒賦》《桃賦》《柳賦》《蟬賦》、王沈《正會賦》、庾儵《冰井賦》、傅咸《患雨賦》《芸香賦》《儀鳳賦》《螢火賦》、成公綏《大河賦》《琴賦》《鳥賦》、夏侯湛《鞞舞賦》《浮萍賦》、摯虞《思遊賦》、左芬《離思賦》、潘岳《秋興賦》《寒賦》《寡婦賦》、陸雲《歲暮賦》《愁霖賦》《登臺賦》《喜霽賦》《逸民賦》、庾敳《意賦》、胡濟《瀍谷賦》、劉瑾《甘樹賦》、王劭之《春花賦》等。

本書參考嚴可均輯錄的《全上古三代秦漢三國六朝文》，共統計出魏晉時期 123 篇楚辭體賦，形式結構皆追模《離騷》的，共有 46 篇。可以說是極其工整的楚辭體賦。餘下楚辭體賦作騷、散結合，三言、四言、五言、七言以及長句夾雜。魏晉文人作賦在形式上更為隨意，他們信手拈來，根據內容與情感的需要而選擇不同的句式。

到了南北朝時期，以「兮」為標誌的楚辭體賦，在句式結構上出現了不同的選擇。除了一部分賦作延續了前代的楚辭體句式，如謝惠連《甘賦》、陽固《演賾賦》等，大部分賦以「二兮二」「三兮三」和「二兮三」為主。

而到了南北朝時候，楚辭體賦的句式選擇有了明顯的不同。在句式結構上，基本都形成了以「三兮三」「二兮三」「二兮二」的九歌句式。雖然在魏晉早期，有王粲《出婦賦》《思友賦》《寡婦賦》、曹丕《臨渦賦》《感離賦》、曹植《愁思賦》等一些抒情小賦出現，也是以短句為主體，但是數量較少。而從劉宋王朝開始，辭賦家在寫楚辭體賦的時候，都以短句為主。

如謝靈運《怨曉月賦》：

> 臥洞房兮當何悅，滅華燭兮弄曉月。昨三五兮既滿，今二八兮將缺。浮雲褰兮收泛灩，明舒照兮殊皎潔。墀除兮鏡鑿，房櫳兮澄徹。

簡短而句式整齊，雖然以賦為篇名，但是與楚辭體詩無異。而其他楚辭體賦，或以「兮」字短句加以去「兮」的六字句，如卞伯玉《大暑賦》：

> 惟祝融之司運，赫溽暑之方隆，日貞躍於鶉首，律遷度於林鍾。溫風翕以晨至，星火爛以昏中。氣滔滔而方盛，晷永路而難終。流水兮莫繼，朱煙兮四纏。鬱邑兮中房，展轉兮長筵。體沸灼兮如燎，汗流爛兮珠連。

或者以四言相雜，如謝朓《遊後園賦》：

> 積芳兮選木，幽蘭兮翠竹，上蕪蕪兮蔭景，下田田兮被谷。左蕙畹兮彌望，右芝原兮寫目，山霞起而削成，水積明以經復。於是敞風閨之藹藹，聳雲館之迢迢，周步簷以升降，對玉堂之泬寥，追夏德之方暮，望秋清之始飆，藉宴私而遊衍，時瘖語而逍遙。爾乃日棲榆柳，霞照夕陽，孤蟬已散，去鳥成行。惠氣湛兮帷殿肅，清陰起兮池館涼。陳象設兮以玉瑱，紛蘭藉兮咀桂漿，仰微塵兮美無度，奉英軌兮式如璋。藉高文兮清談，豫含毫兮握芳，則觀海兮為富，乃遊聖兮知方。

或以五言相雜，如沈約《愍衰草賦》：

> 愍衰草，衰草無容色。憔悴荒徑中，寒荄不可識。昔時兮春日，昔日兮春風。銜華兮佩實，垂綠兮散紅。岩陬兮海岸，冰多兮霰積。布綿密於寒皋，吐纖疏於危石。雕芳卉之九衢，霣靈茅之三脊。風急崤道難，秋至客衣單。既傷簷下菊，復悲池上蘭。飄落逐風盡，方知歲早寒。流鶯暗明燭，雁聲斷裁續。霜奪莖上紫，風銷葉中綠。秋鴻兮疏引，寒烏兮聚飛。徑荒寒草合，草長荒徑微。園庭漸蕪沒，霜露日沾衣。

也有許多楚辭體賦是楚辭體句式和三言、四言、五言、七言的融合，從句式結構看，這些賦的句式已經趨同於詩句的要求，與漢魏晉的楚辭體賦句式截然不同了。

這種由大賦到短賦的發展，僅從句式結構上就有這種明顯的規律，而這也能從某些角度解釋南北朝「賦的詩化」的現象。賦的篇幅縮小，不再有漢代大賦的浩浩蕩蕩，而是有了詩化的特性，這些，都可以從楚辭體句式的轉變中清晰看出。本書共輯錄 64 位作家楚辭體賦 171 篇作為主體研究對象。

三、魏晉南北朝楚辭體賦的「詩化」

班固《兩都賦序》中有：「賦者，古詩之流也。」雖然班固所言之「賦」與文體學意義上的賦不同，但賦與詩關係一直都是相互影響與作用。賦自產生與確立，它與詩之間有著微妙的演變歷程，徐公持說：「它們最初彼此疏離，然後彼此靠攏，終至互相影響，互相滲透，走上比肩發展的道路。」〔註 7〕賦的發展經歷了漢大賦到魏晉抒情小賦，不同於漢代的體物、敘事，賦在魏晉時代已經成為文人抒懷之體，抒情需求使得魏晉南北朝時期的賦，更為靈活多變。徐公持在其《詩的賦化與賦的詩化——兩漢魏晉詩賦關係之尋蹤》中認為，從詩賦疏隔到詩賦靠攏，之間有著詩的賦化和賦的詩化兩種文學現象的存在。馬積高在探討賦的體式演變的過程時，認為應該關注到五言、七言詩體對賦體的滲透，他認為「短賦的發展是賦的詩化或賦向詩回歸的一種表現。」〔註 8〕

何為「賦的詩化」，徐公持認為「借鑒作為新興文體詩歌的某些優

〔註 7〕徐公持：《詩的賦化與賦的詩化——兩漢魏晉詩賦關係之尋蹤》，《文學遺產》，1992 年第 1 期。

〔註 8〕馬積高：《歷代辭賦研究史料概述》，北京：中華書局，2001 年 4 月。第 73 頁中認為五言、七言對賦體的滲透從東漢就開始了。而這種滲透主要出現在騷體賦中，至於梁朝時，產生了一種從情韻到結構都以五、七言及四言為主體的雜言詩體賦，如蕭綱的《對燭賦》、庾信的《對燭賦》《春賦》等。

勢方面，來充實改造賦自身，提高素質，以適應新的文化生存環境，這也就是『賦的詩化』。」〔註 9〕詩具有精練性、抒情性和韻律化的特點，辭賦在經歷了從漢代大賦鋪排張揚、辭藻華麗的發展之後，到了魏晉時期漸漸衰弱，雖然有文人依舊努力挽救大賦的衰落，如徐幹有《齊都賦》，劉楨有《魯都賦》，何晏作《景福殿賦》，嵇康有《琴賦》，潘岳《西征賦》，左思《三都賦》，但此時對詩歌的鍾愛和對大賦的改造成了潮流，詩歌中心的文壇格局，詩的特點順應了文人創作的需求，賦的創作中呈現了「詩化」的特徵。

在對魏晉南北朝賦的歸類中，曹明剛《賦學概論》、葉幼明《辭賦通論》和郭建勳《辭賦文體研究》中分別提及了「詩體賦」的概念，他們主要從五言、七言在賦中的出現為角度定義了詩體賦。

在解釋魏晉南北朝出現「賦的詩化」的演進過程時，徐公持認為從漢末蔡邕開始，他的抒情小賦就很多以四言構成並且一韻到底，從題材到寫法顯示了「詩化」的痕跡。徐先生認為魏晉文人是通過對賦的功能的轉變來實現，如曹植是籍「時物」以述「志」，「賦的詩化」的過程其實是以賦來履行詩的職責。〔註 10〕

許結在《聲律與情境——中古辭賦詩化論》〔註 11〕中提出，辭賦詩化的主要階段分為：建安文人賦向楚騷的歸復；東晉山水賦的興起；南朝駢體賦創作對聲律的講求，這些都標明了賦體向詩化形態的進一步發展。詩化的主要特徵體現為審美內涵抒情化；創作結構小品化；語言風格淺易化；音韻格律嚴密化和藝術構思意境化。

靳啟華在《論南北朝賦的詩化》〔註 12〕中截取南北朝時段的賦為對象，認為五言、七言詩句的大規模入賦以及內容上表現了對主觀抒

〔註 9〕徐公持：《詩的賦化與賦的詩化——兩漢魏晉詩賦關係之尋蹤》，《文學遺產》，1992 年第 1 期。

〔註 10〕徐公持：《詩的賦化與賦的詩化——兩漢魏晉詩賦關係之尋蹤》，《文學遺產》，1992 年第 1 期。

〔註 11〕許結：《聲律與情境——中古辭賦詩化論》，《江漢論壇》，1996 年第 1 期。

〔註 12〕靳啟華，曹賢香：《論南北朝賦的詩化》，《岱宗學刊》，1999 年第 3 期。

情的重視，體現了賦的詩化過程，這是南北朝時期文學觀念的進步。貢小妹在《六朝賦的詩化》〔註 13〕中也從抒情性、篇幅和語言用韻的角度展現了賦的詩化過程。史培爭等在《賦的詩化與詩的賦化——魏晉南北朝詩賦關係探索》〔註 14〕中對於此問題，也承襲前人看法認為篇製縮小和抒情性增強是詩化的特點，而不同於前人的觀點，他認為賦末的亂辭和賦中用詩是此時賦的詩化的有力證明。陳洪娟《南朝賦的詩化傾向及成因初探》〔註 15〕認為賦的詩化傾向是通過詩形化，即形制上雜入三、五、七言和詩境化來表現。具體原因她歸結為詩的創新與發展為賦提供了養料，放蕩的抒情觀和不拘常體的呼聲以及南朝士人的情感體驗等原因共同促進了賦的詩化。

綜前人觀點，「賦的詩化」是從魏晉開始，至南北朝時期，詩化程度就很高了。賦的詩化主要是通過賦的篇幅縮小、開始用韻、雜入五言、七言詩句並以抒情為主要目的來實現。在總結「賦的詩化」的原因時，通常是以為詩歌發展蓬勃，賦的表達受到了詩歌的影響為外因，文人的抒情述己需求為內因而共同促就。

本章在以魏晉南北朝楚辭體賦為考察對象時，認為楚辭體賦在詩化的過程中，出現了更為明顯的標誌，即在對楚辭體句式的選擇使用上，楚辭體賦的詩化過程，是從魏晉賦句式「三 X 二兮，三 X 二」以及去「兮」的六字句為主，到南北朝楚辭體賦以「三兮三」「三兮二」以及「二兮二」及其變體為主，楚辭體賦的句式是呈現了簡短化的形態。在句式縮短同時，賦的篇幅也大幅度縮減，南北朝時期的楚辭體賦與魏晉時期的楚辭體詩可以說是從句式到篇章都趨於一致。「賦的詩化」的特徵就明顯體現出來。

楚辭體賦的詩化是通過賦的句式改變來完成的。《九歌》句式是創

〔註 13〕貢小妹：《六朝賦的詩化》，《江淮論壇》，2001 年第 6 期。

〔註 14〕史培爭、尤麗：《賦的詩化與詩的賦化——魏晉南北朝詩賦關係探析》，《語文學刊（高教版）》2007 年第 1 期。

〔註 15〕陳洪娟：《南朝賦的詩化傾向及成因初探》，《棗莊師範專科學校學報》，2004 年第 3 期。

作楚辭體詩時候採用的句式，在楚辭體詩中，五言、七言與《九歌》句式的混用是常態。而在楚辭體賦的創作中，也出現了《九歌》句式的運用。

這種情形在魏晉時候出現，但是規模較小，有王粲《出婦賦》《思友賦》《寡婦賦》、曹丕《臨渦賦》《感離賦》、曹植《愁思賦》等，其形式基本與楚辭體詩無異。

如王粲《出婦賦》：

> 既僥倖兮非望，逢君子兮弘仁。當隆暑兮翕赫，猶蒙眷兮見親。更盛衰兮成敗，思情固兮日新。竦余身兮敬事，理中饋兮恪勤。君不篤兮終始，樂枯荑兮一時。心搖盪兮變易，忘舊姻兮棄之。馬已駕兮在門，身當去兮不疑。攬衣帶兮出戶，顧堂室兮長辭。

通篇採用「三兮二」句式，王粲的《出婦賦》以賦名篇，但已是楚辭體詩的結構。在楚辭體文學領域內的賦的詩化便更加明顯。另有曹丕《臨渦賦並序》：

> 上建安十八年至譙，余兄弟從。上拜墳墓，遂乘馬遊觀。經東國，遵渦水，相佯乎高樹之下，駐馬書鞭，作臨渦之賦曰：
>
> 蔭高樹兮臨曲渦，微風起兮水增波。魚頡頏兮鳥逶迤，雌雄鳴兮聲相和。萍藻生兮散莖柯，春木繁兮發丹華。

通篇「三兮三」句式，但是仍舊是抒情小賦，而與楚辭體詩是採用了同一結構。

到了南北朝，這種情形蔓延，大部分的楚辭體賦採用《九歌》的短體楚辭體句式，或加之去「兮」的六字楚辭體結構變體，或五言、七言，楚辭體賦的詩化現象則更為普遍了。

如謝脁《臨楚江賦》：

> 爰自山南，薄暮江潭，滔滔積水，嫋嫋霜嵐。憂與憂兮竟無際，客之行兮歲已嚴。爾乃雲沈西岫，風動中川，馳波鬱素，駭浪浮天，明沙宿莽，石路相懸。於是霧隱行雁，霜

眇虛林，迢迢落景，萬里生陰，列攢笳兮極浦，弭蘭鷁兮江潯，奉王樽之未暮，飡勝賞之芳音。願希光兮秋月，承永照於遺簪。

「三兮三」「三兮二」句式與四言相雜，全篇用兩個韻，短小而清冽，詩風畢現。

沈約《天淵水鳥應詔賦》：

天淵池鳥，集水漣漪。單泛姿容與，群飛時合離。將騫復斂翮，回首望驚雌。飄薄出孤嶼，未曾宿蘭渚。飛飛忽雲倦，相鳴集池籞。可憐九層樓，光景水上浮。本來暫止息，遇此遂淹留。若夫旅浴清深，朋翻回曠。翠鬣紫纓之飾，丹冕綠襟之狀。過波兮湛澹，隨風兮回漾。竦臆兮開萍，蹙水兮興浪。

「二兮二」句式加上四言與五言，雖然整體相雜，但五言部分已是詩體，而「二兮二」句式的選擇，也是為了在字數上與五言形成一致性，這種追求結構的統一，體現了向詩過渡的要求，試圖以詩的體制對賦進行改造。

從魏晉到南北朝，楚辭體賦中對於句式的明顯選擇，能窺測到文人在創作時候的心態，從全部是「三 X 二兮，三 X 二」的經典楚辭體句式，演變到加入四言、五言、七言，再到捨棄了長的楚辭體句式，轉換成「三兮三」「三兮二」「二兮二」與四言、五言、七言的雜用，楚辭體賦呈現了向楚辭體詩轉變的過程。這個過程亦可以從文本角度來解讀從魏晉到南北朝，賦的詩化有了更為猛烈的轉變。

楚辭體詩和楚辭體賦體式的逐漸相似與統一，說明了南朝文人已經逐漸在捨棄「義尚光大」「麗詞雅義」(《文心雕龍・詮賦》) 的賦體文學，轉而投向了新興崛起的詩體文學，五言詩的成熟和七言詩的崛起，賦不可避免地受到影響與衝擊。而楚辭體詩賦的結構逐漸趨同，可以說明文人以楚辭體為突破，通過楚辭體句式由長到短的轉變而完成詩化的過程。

四、魏晉南北朝楚辭體賦中的「亂辭」

在魏晉南北朝的楚辭體賦中，「亂辭」的出現較為頻繁，這是對楚辭文體的一種模擬，而「亂辭」僅僅出現在楚辭體賦中。

對於亂辭的來源和作用，歷代有如下說法：漢王逸曰：「亂，理也；所以發理詞指，綜措其要也。」〔註 16〕王逸認為亂辭是總結全篇，發理之用。

宋洪興祖《楚辭補注》：「凡作篇章既成，撮其大要以為亂辭也。《離騷》有『亂』有『重』。『亂』者，綜理一賦之終；『重』者，情志未申，更作賦也。」洪興祖也認為由於在詩作中，情志仍需抒發，亂辭是對想說內容的進一步補充。

從音樂角度解釋的有：

宋朱熹《楚辭集注》有云：「亂者，音節之名。」

元祝堯《古賦辨體》：「古今賦中或為歌，固莫非騷為祖。他有『誶曰』、『重曰』之類，即是亂辭；中間作歌，如《赤壁賦》之類，『倡曰』『少歌曰』體；賦尾作歌，如齊梁以來諸人所作，用此篇體。」

明陳第《屈宋古音考》：「亂者，音節之名。凡作篇章既成，撮其大要，以為亂辭也。」

清蔣驥《山帶閣注楚辭》：「亂者蓋樂之將終，眾音畢會，而詩歌之節與相赴，繁音促節，交錯紛亂，故有是名也。」

清林雲銘《楚辭燈》：「亂，卒章之詞。」

陸侃如《離騷注》：「亂，是在樂歌上的詞彙，一個樂歌的末段叫做亂。等於後代所謂尾聲。大概樂歌到了末段，樂器雜作，大家齊唱，所以叫做亂。」

姜寅清《屈原賦校注》：「亂，蓋古樂章節奏之名，論語曰：『關雎之亂，洋洋乎盈耳哉。』史記：『關雎之亂，以為風始。』禮曰：『既奏以文，又亂以武。皆是也。考亂在篇末，句韻短促，則亂概即節奏之

〔註 16〕（漢）王逸：《楚辭章句》（宋・洪興祖：《楚辭補注》，北京：中華書局，1983 年，第 47 頁。）

終，所謂合樂是也。他篇或曰「少歌」，或曰「唱」，義例正同』。」

以上諸家認為，亂詞是一首樂曲結束以後，作為收尾而出現的，似乎是一個象徵性的結構符號。這種結構性符合是以音樂性為依據的。

劉勰《文心雕龍・詮賦》中說「亂以理篇，迭致文契。」亂辭通常是出現在篇幅較長的賦作中。兩晉時代，篇幅較長的楚辭體賦中，常常伴隨著亂辭出現，而隨著南北朝賦的篇幅縮短，或者說「賦的詩化」現象的出現，亂辭的使用頻率降低。

如曹植《蟬賦》後有「亂曰」，嵇康《琴賦》、左芬《離思賦》、陸雲《逸民賦》、江淹《江山之山賦》等也都有「亂曰」。阮籍《東平賦》、潘岳《寡婦賦》、江淹《扇上彩畫賦》、謝莊《月賦》、江淹《去故鄉賦》、蕭綱《採蓮賦》、蕭繹《採蓮賦》等後都有「歌曰」。潘岳《哀永逝文》、拓跋宏《弔比干墓文》後都有「重曰」。潘岳《籍田賦》「頌曰」以及江淹《蓮花賦》「謠曰」等，都屬於「亂辭」範圍。亂辭作為未完成之意的補充又申發之詞出現在楚辭體賦中。

值得注意的是，許多楚辭體賦的正文與亂辭的文體形式有著很大的區分，在整篇作品中，整體是以不帶「兮」字的賦行文，而在亂辭中，以帶「兮」字的歌體即詩體來行文，所以改為「歌曰」。從亂辭中，可見楚辭體形式的運用逐漸趨向詩化。

亂辭的出現，又是楚辭體賦篇章結構的一個部分，體現了作家較為刻意地模擬楚辭。

第二節　建安楚辭體賦創作

這段時間主要從漢末到西晉建立之間，主要表現為建安時期與正始時期的楚辭體賦創作。《藝概・賦概》中有云：「《楚辭》風骨高，西漢賦氣息厚，建安乃欲由西漢而復於《楚辭》者。」〔註 17〕從建安文

〔註 17〕（清）劉熙載著，王氣中箋注：《藝概箋注》，貴陽：貴州人民出版社，1986 年，第 273 頁。

學開始，向楚騷傳統的復歸，是有別於兩漢時代的重要特色。

首先是悲怨情感的繼承。漢末魏晉動盪的社會，連綿的戰爭，文人們在面對命運與死亡的時候往往有更深沉地思索，這種悲傷情感與屈原個人抱負不能實現產生的痛苦是同源的。

其次，是失意的貶謫文人群體，從來都是中國古代文學中展現的那個落寞惆悵的形象。「士不遇」的母題背後是歷史、文學、社會以及人格精神等方方面面的構成因素。屈原的「不遇」情節為歷史之第一，他宣洩而出的生命悲歌成就了文學中的華麗篇章，他的憂憤怨恚，為「不遇」的抒情傳統奠定了基礎。「士不遇」始終是貫穿楚辭體文學的核心和主線，成為百代士大夫文士吟詠不已的主題，也是抒發不盡的情感。屈原以後，兩漢「士不遇」題材的楚辭體作品大量產生。真正的「不遇」之題是漢代文人的創造，也是他們形成了不遇文學之綱。姜亮夫《楚辭書目五種》中說到：「『感士不遇』題名，得之董子，文旨取自《離騷》。皆擬騷之作也。」〔註 18〕「士不遇」的悲情是漢人對屈原命運的深切感受，董仲舒《士不遇賦》、司馬遷《悲士不遇賦》、賈誼《弔屈原賦》、東方朔《答客難》、張衡《思玄賦》、梁鴻《適吳詩》、趙壹《窮鳥賦》《刺世嫉邪賦》等等。東方朔《七諫》「哀時命之不合兮，傷楚國之多憂，內懷情之潔白兮，遭亂世而離尤。惡耿介之直行兮，世溷濁而不知。何君臣之相失兮，上沅湘而分離。」〔註 19〕這種對屈原的精神和作品的解讀是具有代表性的，懷才不遇的情感核心使得漢代文人抒發同情之心、同悲之心。

最後，是戰爭環境帶給建安文人以飄蕩之感，文人對自然環境的感受多因心境悲涼而覺環境蕭索。這與屈原流放時候所見的景觀感受有著心境上的一致。屈原的失意與落魄是他創作的直接源泉，《離騷》

〔註 18〕姜亮夫：《楚辭書目五種》，上海：中華書局上海編輯所，1961 年版，第 425 頁。

〔註 19〕（漢）王逸：《楚辭章句・七諫・哀命》（宋・洪興祖：《楚辭補注》，北京：中華書局，1983 年，第 250～251 頁。）

《九章》《遠遊》等作品，是他在身體與心理都經受了困頓與折磨之後而形成的哀怨、痛苦和憂傷的心情寫照。

游國恩先生在《論屈原的放死及楚辭地理》中認為楚王對屈原有疏遠及兩次流放的懲罰。一是在楚懷王時期，被流放於漢北，另是頃襄王時期被放逐於江南。〔註20〕方銘師認為，屈原並不存在一個刑罰意義的「流放」，而是在官不受重視，只是罷官歸食邑，所以屈原是被疏遠而不受重視的。〔註21〕朱熹《楚辭後語目錄敘》〔註22〕曰：

> 蓋屈子者窮而呼天，疾痛而呼父母之詞也。故今所欲取而繼之者，必其出於幽憂窮蹙，怨慕淒涼之意，乃為得其餘韻，而宏衍鉅麗之觀、懽愉快適之語，宜不得而與焉。

他認為得屈原餘韻者，定繼承了「幽憂窮蹙，怨慕淒涼」之真髓。這種淒涼和困頓，體現在與屈原有相同境遇的文人身上。以逐臣之身述說流浪於山水之間的「怨慕」之情，命運不濟的哀歎，君王不察的悲傷，與山水景物相容，與香木花草為象徵，又以鸞鳥燕鵲為君子小人之指代，顯示出士大夫的君子之氣。

情感與環境交織下的楚辭體賦創作至魏晉南北朝時期有了對屈原精神及屈原作品的同感與仿傚。余英時《士與中國文化》中說到：「士大夫重生前與身後之名，正是個體自覺高度發展之結果。蓋人必珍視其一己之精神存在而求其擴大與延綿，然後始知名之重要。若夫在重集體之社會中，個體自覺為大群體之意識所壓縮，所謂『一切榮譽歸於上帝』者，則個人之融入固無足措意也。」〔註23〕在大一統的時代，群體意識主導整個思想局面，而到了魏晉南北朝時期，分裂、動盪的形

〔註20〕游國恩：《游國恩楚辭論著集．論屈原之放死及楚辭地理》，北京：中華書局，2008年4月版，第288頁。

〔註21〕方銘：《戰國文學史論》，北京：商務印書館，2008年版，第400頁。

〔註22〕（宋）朱熹撰，蔣立甫校點：《楚辭集注》（《楚辭後語目錄敘》），上海：上海古籍出版社，2001年，第206～207頁。

〔註23〕余英時：《士與中國文化》，上海：上海人民出版社，2003年，第272頁。

勢，使得文人缺少了群體意識的集體壓制，這時候個人意識逐漸釋放，注重自我的表達與展現，是這一時代獨有的精神，這種精神也是與屈原的個人意識高度契合。

一、王粲登樓擬《哀郢》

王粲生於 177 年，卒於 217 年。出身官家，曾祖父、祖父，皆位列漢朝三公，他的父親也做過何進的長史。王粲少時就工於詩文，才華橫溢，得蔡邕賞識。他是優秀的辭賦家。據《三國志》中記載，他著「詩、賦、論、議垂六十篇」，現在存有他的辭賦共 24 篇，可惜大部分都已經是殘篇了。《文選》中收錄了較為完整的王粲辭賦。他也是一位擬騷的文人，喜愛以楚辭體進行創作。劉勰《文心雕龍．才略》稱王粲：「仲宣溢才，捷而能密，文多兼善，辭少瑕累，摘其詩賦，則七子之冠冕。」〔註 24〕王粲「長於辭賦」，《登樓賦》又是他的代表之作。王粲《登樓賦》在不遇題材中的自我展現與抒懷，可以說是楚騷精神在魏晉時代復歸的代表之作。劉熙載在《藝概．賦概》中更是直接評價「王仲宣《登樓賦》出於《哀郢》」〔註 25〕，可見王粲的楚辭風格。

王粲《登樓賦》曰：

> 登茲樓以四望兮，聊暇日以銷憂。覽斯宇之所處兮，實顯敞而寡仇。挾清漳之通浦兮，倚曲沮之長洲。背墳衍之廣陸兮，臨皋隰之沃流。北彌陶牧，西接昭丘。華實蔽野，黍稷盈疇。雖信美而非吾土兮，曾何足以少留。遭紛濁而遷逝兮，漫逾紀以迄今。情眷眷而懷歸兮，孰憂思之可任。憑軒檻以遙望兮，向北風而開襟。平原遠而極目兮，蔽荊山之高岑。路逶迤而修回兮，川既漾而濟深。悲舊鄉之壅隔兮，涕

〔註 24〕（南朝梁）劉勰著，范文瀾注：《文心雕龍注》，北京：人民文學出版社，1958 年，第 700 頁。

〔註 25〕（清）劉熙載著，王氣中箋注：《藝概箋注》，貴陽：貴州人民出版社，1986 年，第 263 頁。

> 橫墜而弗禁。昔尼父之在陳兮，有歸歟之歎音。鍾儀幽而楚奏兮，莊舄顯而越吟。人情同於懷土兮，豈窮達而異心。惟日月之逾邁兮，俟河清其未極。冀王道之一平兮，假高衢而騁力。懼匏瓜之徒懸兮，畏井渫之莫食。步棲遲以徙倚兮，白日忽其將匿。風蕭瑟而並興兮，天慘慘而無色。獸狂顧以求群兮，鳥相鳴而舉翼。原野闃其無人兮，征夫行而未息。心悽愴以感發兮，意忉怛而憯惻。循階除而下降兮，氣交憤於胸臆。夜參半而不寐兮，悵盤桓以反側。

而後卻仕途坎坷，曾依附劉表而未得重用，期間十五年未得施展才華的機會。後王粲歸降於曹操，才被擢用。《登樓賦》寫於王粲歸附曹氏之前，正是其青壯年時期〔註 26〕，少年得志、滿腹才華，卻生逢亂世，懷才不遇。他用楚辭體創作《登樓賦》，體會與屈原相似的境遇和心情，這是典型的騷怨精神傳承與寄託。

《登樓賦》以楚辭體句寫成，中雜四言句。在內容上，以登樓四望為開端，以景物描寫帶出「陶牧」「昭丘」等地名，藉以寫范蠡和楚昭王，寄寓了他對明君賢臣的敬慕與嚮往。這段似乎再現了《離騷》裏對「三王」的追溯，「湯禹」和「摯繇」，「武丁」和「說」，「周文」和「呂望」，「齊桓」與「寧戚」，賢君名臣的追慕之情流露而出。

此賦中隨處可見的脫胎於《離騷》的詩句，也無不表露著王粲的紛雜情感。他的「遭紛濁而遷逝兮」與屈原的「世混濁而不安兮」，他的「白日忽其將匿」與屈原的「日月忽其不淹兮」，他的「悲舊鄉之壅隔兮」與屈原的「忽臨睨夫舊鄉」等等，都存在著或多或少的模仿，這裡反覆表達的幽深情懷也恰似屈原那痛苦而悲愁的心。王粲體會著屈原的不遇情懷，發出遙遠的共鳴。王粲寄人籬下壯志難酬的自我感傷，是借著屈原詩句的模擬而抒發，但他更著意於自我形象的塑造，這種

〔註 26〕公元 194 年，王粲十七歲，被任命為黃門侍郎，但此時長安騷亂，導致他無法出任。後至荊州避亂，投靠劉表，而不受重任，歷時十五年，時已三十二歲。

情景交融的抒寫手法，已經具有了較為完整的構造意識。他在賦的結尾寫到自已心悽愴、意忉怛，在氣憤填於胸臆中徐徐下樓。這樣整體的行動與完整地抒情，又不似屈原的天馬行空和遨遊無邊，這種整篇地布局謀劃和嚴謹地抒情、議論以及描寫，讓他落魄書生的懷才不遇形象更加生動而直觀地展現。

而在回望故鄉上，《登樓賦》中「情眷眷而懷歸兮」，是對往日美好時光和承載輝煌的故鄉的眷戀。王粲的人生際遇波折，在荊州被冷落使得他懷念起在長安時的生活。王粲十七歲被任命為黃門侍郎，少年早成的他經歷過輝煌的時代，而戰亂南遷之後，生活就似高山低谷，這落差帶來的苦悶是不遇的展現，也是屈原去國離鄉經歷投照在王粲身上的體現。他登高極目遠眺平原，但荊山遮蔽了視線，他歎「路逶迤而修迥兮，川既漾而濟深」，他「悲舊鄉之壅隔兮，涕橫墜而弗禁」。

劉熙載在《藝概．賦概》中說「王仲宣《登樓賦》出於《哀郢》」〔註 27〕，這可能是在篇幅結構上的短小以及悲情地回望故鄉上，《登樓賦》也對《哀郢》做了借鑒學習。

屈原一生三次遭遇放逐，他步馬山皋，馳車芳林，穿越湘江、沅水，《離騷》《涉江》《哀郢》《抽思》《遠遊》等作品中，皆有行程描寫，他徘徊流連於山川水澤，並於山水之行寄託他的情感與理想。在現實世界中，因為貶謫，屈原行吟江畔，他「乘鄂渚而反顧兮，欸秋冬之緒風。步余馬兮山皋，邸余車兮方林。乘舲船余上沅兮，齊吳榜以擊汰。船容與而不進兮，淹回水而凝滯。朝發枉陼兮，夕宿辰陽。」這些寄沉重之情於山水之中，山水的種種形態都是他內心的寫照，山水的情感也是他的情感關照，羈旅中的失落與寂寞都印在他行走過的自然景物之中。現實中的山水是他情感的投射，「抒情言志」的特色貫穿始終。葉幼明《辭賦通論》中認為：「我國紀遊文學最早就是從辭賦開始的。紀遊辭賦的淵源可以上溯到先秦時期，屈原的《涉江》《哀郢》，可以算

〔註 27〕（清）劉熙載著，王氣中箋注：《藝概箋注》，貴陽：貴州人民出版社，1986 年，第 263 頁。

作它的濫觴。」〔註 28〕紀行文學從屈原處學習，從主題到語言風格，皆為後世擬騷之作的學習對象。

王粲的登樓意象，實際上是對屈原紀行的學習，這是失意文人自我抒懷、獨自登臨的感慨之作。從屈原到王粲，這類型的文學作品逐步被發揚。王粲的不遇情懷是帶著騷怨與楚騷傳統的，這種從形式到精神上的承襲，使得文人不遇的形象更加哀婉動人。

魏晉抒情小賦是超越了漢代體物大賦，不再熱衷於洋洋灑灑地浩瀚篇章，而是在結構完整的較短篇章內完成個人內心的陳述。與漢代文人的士不遇精神不同，王粲並非如漢代文人那樣具有群體的模擬程式化，漢代轟轟烈烈的士不遇精神抒發，是觸發性、群體性，甚至沿著題材類型化的特色去創作，而魏晉時期，背離了大範圍的士不遇的哀傷，這種個體性的體驗就顯露出來。

他的《思友賦》〔註 29〕也是從登臨行為寫起，與其《登樓賦》有著形式上的一致性，情感上則更多了生命脆弱帶給人的傷痛之感：

> 登城隅之高觀，忽臨下以翱翔。行遊目於林中，睹舊人之故場。身既沒而不見，餘跡存而未喪。滄浪浩兮回流波，水石激兮揚素精。夏木兮結莖，春鳥兮愁鳴。平原兮泱漭，綠草兮羅生。超長路兮逶迤，實舊人兮所經。身既逝兮幽翳，魂眇眇兮藏形。

曹丕《又與吳質書》中說：「昔年疾疫，親故多離其災，徐（幹）、陳（琳）、應（瑒）、劉（楨），一時俱逝，痛可言也。」〔註 30〕雖然王粲與「四子」死亡先後順序仍有異議，但仍可見那個時候人生命之脆弱，死亡也是猝不及防地出現。王粲此賦中並未指明悼念的是哪位摯

〔註 28〕葉幼明：《辭賦通論》，長沙：湖南教育出版社，1991 年 5 月，第 97～98 頁。

〔註 29〕（清）嚴可均輯：《全上古三代秦漢三國六朝文》，北京：中華書局，1958 年，第 959 頁。

〔註 30〕（清）嚴可均輯：《全上古三代秦漢三國六朝文》，北京：中華書局，1958 年，第 1089 頁。

友，但是在那個戰亂頻繁、瘟疫流行以及災禍不斷的時代，好友的離去是讓人痛苦不堪的。此篇前半部分是不加兮字的「三 X 二」句型，描寫自己登高遠望看到古人墓地，不免傷情襲來。下半部分以楚辭體句寫成，由眼前景色回憶起了故人曾經生活過的場景，抒發了故人身心皆去的感傷。這篇賦寫的沉痛，社會的殘酷現實就擺在那裡，處處提醒著他。

二、曹植對楚騷傳統的全面繼承

曹植是建安文人中對屈原有著較多認同的作家。曹植是「生乎亂，長乎軍」(《上疏陳審舉之義》)〔註 31〕的人，他文韜武略，隨父征戰南北，致力於實現天下統一的霸業。曹植身上帶著英雄主義的性格，他有捐軀赴國難，視死忽如歸的大義凜然之氣，也有著忠君愛國、建功立業的宏圖目標。但隨著曹操去世、曹丕爭奪太子之位的勝利，曹植的囚徒似的生涯就開始了。曹丕對他極盡迫害之能事，剪除其羽翼，控制其行動，殺害其摯友，並多次遷徙其封地，有「十一年中而三徙都」〔註 32〕之舉。屈原有忠於君、愛於民的闊大情懷，他信而見疑，忠而被誹，赤誠之心被昏君佞臣所踐踏，遭遇貶謫，他身上是憂國憂民的哀愁和報國無門的痛苦。

曹植在其《上疏陳審舉之義》中寫到：「天高聽遠，情不上通，徒獨望青雲而拊心，仰高天而歎息耳。屈平曰：『國有驥而不知乘，焉皇皇而更索？』昔管、蔡放誅，周、召作弼，叔魚陷刑，叔向匡國，三監之釁，臣實當之。」〔註 33〕與屈原一樣，自己不受任用，甚至受到猜忌和迫害，這樣的命運悲劇是曹植發出詠歎的情感源泉。曹植抗爭命

〔註 31〕（清）嚴可均輯：《全上古三代秦漢三國六朝文》，北京：中華書局，1958 年，第 1140 頁。

〔註 32〕（晉）陳壽撰，（宋）裴松之注：《三國志》，北京：中華書局，1959 年，第 576 頁。

〔註 33〕（清）嚴可均輯：《全上古三代秦漢三國六朝文》，北京：中華書局，1958 年，第 1139 頁。

運，更突顯的是個人英雄主義的情感，他們悲怨的心情一致，而悲怨的根源實則還是有著根基的不同。但曹植的與屈原命運悲劇有著殊途同歸的相似性。

曹植文學創作上，有仿《漁父》寫有《釋愁文》，模仿《九思》《九歎》有《九愁賦》。他在《九愁賦》中以屈原自比，一再說明，君主聽信讒言放逐自己，並像屈原一樣被放逐到長江。「共朋黨而妒賢，俾予濟乎長江」，這是寫「忠而見黜」的哀怨，是模擬屈騷的悲憤。曹植抒發「雖危亡之不豫，亮無遠君之心」，「曠年載而不回，長去君兮悠遠」之情，他借屈原心念舊都而抒寫自己眷戀故都的情感，借屈原心繫懷王而抒發自己仰望君主的痛苦之情。馬積高《賦史》中評論到《九愁賦》時說：「此賦通篇代屈原陳辭，又處處切合時事和自己的感觸，實是作者的借題發揮，故漢人擬屈之作所不能及。」〔註 34〕曹植的不遇是對命運的抗爭，強烈的騷怨精神，與屈原的「悲世」之大怨同樣沉重。他的楚辭體賦作品有《愁霖賦》《愁思賦》《洛神賦》《洛陽賦》《遷都賦》《寡婦賦》《感婚賦》《娛賓賦》《東征賦》《登臺賦》《臨觀賦》《迷迭香賦》《白鶴賦》《離繳雁賦》《蟬賦》《思歸賦》等近二十篇，這些楚辭體賦比較體現了他對楚辭傳統的比較全面的繼承。

首先，體現在他對香草美人手法的繼承與選擇上。他不僅吟詠植物，更擴大到了動物形象，形成了一個芬芳流播的自然世界。而這種吟詠，實則是對託物譬喻的繼承，以植物、動物擬人格，寫生命由於共性而體現出的種種情感與思想。

屈作中以植物象徵託寄，如《離騷》有：「朝飲木蘭之墜露兮，夕餐秋菊之落英。」「蘭芷變而不芳兮，荃蕙化而為茅。」「何昔日之芳草兮，今直為此蕭艾也。」「為余駕飛龍兮，雜瑤象以為車。」等。《涉江》有：「露申辛夷，死林薄兮。腥臊並御，芳不得薄兮。」《惜往日》有：「君無度而弗察兮，使芳草為藪幽。……何芳草之早夭兮，微霜降而下

〔註 34〕馬積高著：《賦史》，上海：上海古籍出版社，1987 年，第 154 頁。

戒。」等等。植物在屈作中大量出現，無論是芳草和是惡草，都被賦予了諸多精神內涵。《橘頌》又是詠物言志作品成熟的體現。以至於《文心雕龍・頌讚》有云：「及三閭《橘頌》，情采芬芳，比類寓意，又覃及細物矣。」對細小事物從此進入專門而直接的吟詠範疇。在漢末魏時，大量的詠物小賦出現，吟詠植物成為了文學作品中的一類重要題材。曹植有《柳賦》，他在自序中說到：「昔建安五年，上與袁紹戰於官渡。是時余始植斯柳，自彼迄今，十有五載矣，左右僕御已多亡，感物傷懷，乃作斯賦」〔註 35〕，作賦是為了感物傷懷。昔日植柳，而今物是人非。柳樹是「應隆時而繁育兮，揚翠葉之青純。修幹偃蹇以虹指兮，柔條阿那而蛇伸。上扶疏而孛散兮，下交錯而龍鱗」，面對柳樹旺盛的生命力，他不免發出「惟尺斷而能植兮，信永貞而可羨」的仰羨，而人世盛衰無常，這種觸物傷情之感悠然而起。

曹植寫柳樹，融入了時代的蒼涼之氣，「四馬望而傾蓋兮，行旅仰而回眷。秉至德而不伐兮，豈簡卑而擇賤」，這種征戰行旅的背景下，詠柳已不單單是情感的抒發，而更是對時代變更的慨歎，時代動盪的蒼茫，戎馬亂離的寄意，使得詠物擁有了新的情趣。

有趣的是，在吟詠植物的楚辭體賦創作上，出現了王粲、曹丕、曹植的互相唱和，這種群體的模擬創作也形成了獨特賦作。對同一植物的歌詠，如曹植有《迷迭香賦》，王粲、曹丕也分別以楚辭體詠迷迭花。

迷迭花擁有清香氣味，是名貴的天然香料。迷迭花原產於西域，而後來傳入中原。曹丕在序中自述：「余種迷迭於中庭，嘉其揚條吐香，馥有令芳。」曹丕種植過迷迭，而曹氏兄弟皆作《迷迭香賦》則不足奇。王粲身為建安七子，同以迷迭作詠，他將此花「植高宇之外庭」，可見迷迭花入賦，是建安詠物小賦的一個側面體現。詠物小賦的選題和吟詠對象的擴展，是這個時代對文學作出的新的分化。王曉東分析過建安詠物小賦產生的時代背景，他認為在宦官專權，黨錮之禍而日

〔註 35〕（清）嚴可均輯：《全上古三代秦漢三國六朝文》，北京：中華書局，1958 年，第 1075 頁。

趨暗淡的政治環境中，文人士大夫的生活態度開始分化，他們中的一部分出於對現實政治的憤慨而走上了與之對抗的道路，另一部分則因為對眼下環境的無可奈何而轉向逃避頹廢。而投射到文人創作領域，其中有一個趨勢就是：「頌美諷喻的逞辭大賦開始向玩味消閒或抨擊時弊的詠物抒情小賦方向發展」〔註 36〕三位建安文人同詠《迷迭香賦》，這便是他們將創作志趣投向閒情逸趣的體現。

三位文人都突出了迷迭香之「奇」。西域而來的珍貴花品，它「惟遐方之珍草兮，產崑崙之極幽」，是「西都之麗草」。其次，都頌讚了迷迭香之「芳」。迷迭「吐芳氣之穆清」，面對此種芬芳之物，「去枝葉而特御兮，入綃縠之霧裳。附玉體以行止兮，順微風而舒光」，將枝葉除去取下果實，放在絲綢衣物內，隨著身體的行動，緩緩散發出幽香。這裡佩戴香花的過程描繪細緻，與屈原「扈江離與辟芷兮，紉秋蘭以為佩」的行動是相似的。

同時還有動物賦作以楚辭體作成。蟬入詩賦濫觴於魏之曹植。而後諸多的詠蟬之作湧現，蟬也是魏晉文人風骨和高潔人格的象徵，傅玄、傅咸、陸雲等，都以蟬入賦。曹植《蟬賦》〔註 37〕詠「唯夫蟬之清素兮，潛厥類於太陰。在炎陽之仲夏兮，始遊豫乎芳林。實澹泊而寡欲兮，獨怡樂而長吟。聲皦皦而彌厲兮，似貞士之介心」，他把蟬賦予了「貞士之心」，但蟬的處境危難，「若黃雀之作害兮，患螗蜋之勁斧。飄高翔而遠託兮，毒蜘蛛之網罟。欲降身而卑竄兮，懼草蟲之襲予」，殘酷的政治鬥爭，他深陷囹圄，這與蟬的命運何其相似。「秋霜紛以宵下，晨風洌其過庭。氣憯怛而薄軀，足攀木而失莖。吟嘶啞以沮敗，狀枯槁以喪形」，逃得過其他人的殘害，卻躲不過秋之霜降，終歸枯槁而喪形。何其悲也！

〔註 36〕王曉東：《論辭賦是建安文學創作的主流》，《華北水利水電學院學報》，1992 年第 4 期。

〔註 37〕（清）嚴可均輯：《全上古三代秦漢三國六朝文》，北京：中華書局，1958 年，第 1130 頁。

曹植詠蟬之高潔，歎蟬之命運悲劇。《楚辭》裏出現了諸多動物形象。《離騷》有「吾令鳳鳥飛騰兮，繼之以日夜。」《天問》有：「玄鳥致貽，女何嘉？」《九歌·河伯》有：「成白黿兮逐文魚，與女遊兮河之渚」等等。飛禽走獸，鳥獸蟲魚皆有出現，大鳥、玄鳥、鳳凰、朱雀、蒼龍、黃雄、鹿、蝮蛇、鯪魚等，共計 65 種〔註 38〕。《楚辭》中的動物意象造就了光怪陸離的奇異意境，神話中的動物更顯出創作者天馬行空的想像和，散發出浪漫主義氣質。而到了魏晉南北朝的楚辭賦，其中對於動物題材的選擇，都趨向了俗物化，生活中出現的鳥獸蟲魚出現在賦作中，這些動物意象體現的內涵更接近普通人的情感。在這些楚辭文學作品中，鳥類題材是較多出現的，有對雁、鷹、白鶴等飛鳥的吟詠，也有對禽類諸如鴛鴦、雞等題材的涉及，也有對蟬的意象的擴充。

還有對鴻雁形象的體現。《禮記·月令》曰：「孟春之月鴻雁來，仲秋之月鴻雁去。」雁是種候鳥動物，春回北方，秋往南方越冬。雁的遷徙依和時令，這種生命的自然規律被文人洞悉，雁就被賦予了許多精神內涵。尤其是建安文人在詩作中，常常出現鴻雁。如曹操《卻東西門行》：「鴻雁出塞北，乃在無人鄉。舉翅萬餘里，行止自成行。……」曹丕《雜詩》其一：「草蟲鳴何悲，孤雁獨南翔。鬱鬱多悲思，綿綿思故鄉。」曹植《雜詩》：「孤雁飛南遊，過庭長哀吟。翹思慕遠人，願欲託遺音。」雁的春去秋來，奔波勞苦，引發了文人們在征戍時的懷鄉之痛，鴻雁思故鄉的，濃厚愁苦的心情隨著孤雁的哀鳴愈發劇烈。孤雁的形象更在愁苦營造了淒涼之感。而具體在楚辭賦作中，曹植的《離繳雁賦》〔註 39〕更是深切動人。他作賦的目的是「余遊於玄武陂，有雁離繳，不能復飛，顧命舟人，追而得之，故憐而賦焉」，他看到的孤雁形

〔註 38〕 統計引自於林繼香；《先唐動物賦研究》，廣西師範大學碩士論文，2013 年。

〔註 39〕 （清）嚴可均輯：《全上古三代秦漢三國六朝文》，北京：中華書局，1958 年，第 1129～1130 頁。

象是：「憐孤雁之偏特兮，情惆焉而內傷。尋淑類之殊異兮，稟上天之休祥。含中和之純氣兮，赴四節而征行。遠玄冬於南裔兮，避炎夏乎朔方。白露凄以飛揚兮，秋風發乎西商。」這番對鴻雁依四時而動，征行旅途的描繪。「掛微軀之輕翼兮，忽頹落而離群。旅朋驚而鳴逝兮，徒矯首而莫聞」離群的鴻雁突然頹落，悲鳴不已。悲孤雁以自悲，曹植賦中流露出的孤獨無助的感情寄託在了孤雁身上，最後他期待孤雁能「無慮無求」「饑食梁稻，渴飲清流」，這些也是轉而對自己的期望，心情逐漸平復。

曹植不僅通過孤雁自傷，還以《白鶴賦》〔註 40〕抒發自己遭受排擠，悵然離群的憂愁。他嗟歎白鶴之祥淑，「嗟皓麗之素鳥兮，含奇氣之淑祥」，白鶴以自擬，但皓麗的鳥兒遭受到了同儕的排擠，「痛良會之中絕兮，遘嚴災而逢殃。共太息而祗懼兮，抑吞聲而不揚」，白鶴的遭遇與鴻雁相似，都是離群之物，也正是曹植心態的體現。他自傷自悼，借鳥物以抒憂。

其次，是對美人意象的繼承中體現這曹植對楚騷傳統的繼承。曹植的《洛神賦》流傳千古，這種具有楚騷傳統的美人和神女的意象，對他影響深遠。曹植《洛神賦》〔註 41〕序中說到「感宋玉對楚王神女之事，遂作斯賦」。如果說《洛神賦》取自屈原創造的「美人」的母題，而他更多的則是繼承了宋玉賦的特色。

《文心雕龍・時序》中說「屈平聯藻於日月，宋玉交采於風雲。」到了宋玉的《高唐賦》《神女賦》，「神女」逐漸成了具象人物，更成為了文人喜愛的創作題材。《洛神賦》從「美人」的母題上是對屈原的學習，但從更具體的技法和寫作層次上，宋玉對他影響更為深遠。宋玉在繼承屈原的題材上，確立了「神女」主題之名，突出了豔情文學

〔註 40〕（清）嚴可均輯：《全上古三代秦漢三國六朝文》，北京：中華書局，1958 年，第 1129 頁。

〔註 41〕（清）嚴可均輯：《全上古三代秦漢三國六朝文》，北京：中華書局，1958 年，第 1122～1123 頁。

的寫作技巧，更啟示漢賦以諷頌之風。〔註 42〕他的賦追尋「神女」的作品，連同「賦寫情、色相關作品，形成中國辭賦史上極為重要的『神女論述』傳統。」〔註 43〕宋玉賦中對神女的容貌形態描寫細緻，神女嫵媚嬌豔，美貌超凡，具豔情意味，借神女寫政治的失意和落寞，是繼承了屈原「美人」意象，求女不得的政治寄託也開啟了後世失意文人的追慕之風。宋玉的「神女」是對屈原「美人」意象的演進。錢鍾書《管錐編》中說到：「宋玉《神女賦》《登徒子好色賦》刻畫美人麗質妍姿，漢魏祖構，已成常調。」〔註 44〕宋玉對於屈原的「美人」意象的學習是比較充分的，既有諷詠意念的表達，又有神女形象的刻畫。但宋玉筆下的女性，神性是在減弱，人性在逐漸增強。這個趨勢，延及後世。郭建勳先生說過：「在《高唐賦》中，透過蔥蘢的雲氣和巍峨的山勢，我們可以感覺到女神的威嚴與崇高、神秘與神聖，但《神女賦》中這種氛圍已經十分淡薄，而到了《登徒子好色賦》，神女的崇高神秘已徹底消失，篇中的女性已演變成兩個完全世俗化的蕩女。」〔註 45〕這種評價是中肯的，並且，這個趨勢也是後代擬騷作品中神女形象的演變歷程。

兩漢時期，司馬相如的《美人賦》可謂師法宋玉《諷賦》而成。司馬相如又有《長門賦》，班婕妤有《自悼賦》、漢武帝《李夫人賦》等，女主角已經並非全是神女，而是尋常女性了。

《洛神賦》結構上與《神女賦》相似，可看出曹植著意地模仿。而曹植描寫洛水女神的形象，則比宋玉更進一籌。賦中神女媚態體貌，皆刻畫地纖細入骨，更體現其神采之飛揚。而對於神女的體態容貌的

〔註 42〕參見蘇慧霜：《騷體的發展與衍變——從漢到唐的觀察》，臺北：文津出版社，2007 年。

〔註 43〕鄭毓瑜：《神女論述與性別演義——以屈原、宋玉賦為主的討論》，《婦女與兩性學刊》，1997 年第 8 期。

〔註 44〕錢鍾書：《管錐編》（第三冊），北京：中華書局，1986 年 5 月，第 1044 頁。

〔註 45〕郭建勳著：《漢魏六朝「神女—美女」系列辭賦的象徵性》（《先唐辭賦研究》），北京：人民出版社，2004 年，第 359 頁。

描寫詩句，恰恰是楚辭體句式運用的集中點。

> 余告之曰「其形也，翩若驚鴻，婉若遊龍。榮曜秋菊，華茂春松。彷彿兮若輕雲之蔽月，飄颻兮若流風之回雪。……披羅衣之璀粲兮，珥瑤碧之華琚。戴金翠之首飾，綴明珠以耀軀。踐遠遊之文履，曳霧綃之輕裾。微幽蘭之芳藹兮，步踟躕於山隅。於是忽焉縱體，以遨以嬉。左倚採旄，右蔭桂旗。攘皓腕於神滸兮，採湍瀨之玄芝。余情悅其淑美兮，心振盪而不怡。無良媒以接歡兮，託微波而通辭。願誠素之先達兮，解玉佩以要之。嗟佳人之信脩，羌習禮而明詩。抗瓊珶以和予兮，指潛淵而為期。執眷眷之款實兮，懼斯靈之我欺。感交甫之棄言兮，悵猶豫而狐疑。收和顏而靜志兮，申禮防以自持。

此段為典型的「三X二兮，三X二」句式的運用，當然，其中有四言混雜使用，但主要以楚辭體句寫成。以楚辭體的形式描摹洛水女神的神態、服飾，又繼而以楚辭體寫詩人追慕與癡情，把情寄於「兮」字句的跌宕起伏之中，形成了悠悠之韻味，令讀者也同樣心旌蕩漾。劉熙載《藝概・賦概》中說到：「建安名家之賦，氣格遒上，意緒綿邈；騷人情深，此種尚延一線。」〔註46〕曹植延續騷人之情深，意緒綿綿飄渺，其實現形式也是在擬騷之體中。

神女的題材在曹植的《洛神賦》中達到了巔峰，靈動唯美的畫面不斷襲來，對女神的追求，則少了屈原求女之象徵與理想的高妙，而有了宋玉求神女的人情味。雖是神女，而有了人味。

最後，曹植還有《登臺賦》〔註47〕與《臨觀賦》〔註48〕，這兩篇

〔註46〕（清）劉熙載著，王氣中箋注：《藝概箋注》，貴陽：貴州人民出版社，1986年，第273頁。

〔註47〕（清）嚴可均輯：《全上古三代秦漢三國六朝文》，北京：中華書局，1958年，第1126頁。

〔註48〕（清）嚴可均輯：《全上古三代秦漢三國六朝文》，北京：中華書局，1958年，第1126頁。

作品是曹植借景抒情、以景寫志的代表。

曹植也有《東征賦》〔註 49〕，其《序》曰：「建安十九年，王師東征吳寇，余典禁兵，衛宮省。然神武一舉，東夷必克。想見振旅之盛，故作賦一篇。」這篇寫於曹操帶兵征伐東吳之時，此時曹植守鄴城。曹植登城目送軍隊，期待勝利地班師回朝，同時也表達了自己不能跟隨出征的哀傷之情。「幡旗轉而心思兮，舟楫動而傷情。顧身微而任顯兮，愧責重而命輕。嗟我愁其何為兮，心遙思而懸旌」，曹植善用楚辭體，征戰之賦也寄託悲情，不能同去的悲涼盡顯。

《登臺賦》是銅雀臺建造完成之後的應制之作，雖然以稱讚銅雀臺的壯觀華美、歌頌父親的豐功偉業為主導，但其中也流露出一絲感傷情緒。「臨漳水之長流兮，望園果之滋榮，仰春風之和穆兮，聽百鳥之悲鳴，天雲垣其既立兮，家願得而獲逞。」他登臺四望，看到山水之景，春風和穆，卻有百鳥悲鳴。這裡一絲的悲傷或有悲己之意。在其《臨觀賦》中，這種志向不得實現的傷感情緒就更加明顯。當然《臨觀賦》作於曹植後期，與前期的躊躇滿志差別迥異。「登高墉兮望四澤，臨長流兮送遠客。春風暢兮氣通靈，草含幹兮木交莖。丘陵窟兮松柏青，南園薆兮果戴榮。樂時物之逸豫，悲予志之長違」，這段描寫悲涼氣息撲面而來，看到流水自己無法潛遊，看到長天自己無法翱翔，所以見「時物」而悲己志不得發，政治不得意，苦悶不已。

建安文人的臨觀紀行賦，善以楚辭體描寫宏大的場景，多屬於應制之作，以為軍隊出征壯行為目的，其中慷慨之氣多，而悲涼之氣略少。但曹植因其本身的際遇和性格，他善用楚辭體寫景抒發不得志之情，為這些慷慨中注入了悲涼之氣。

三、曹丕楚辭體賦中對現實的關注

曹丕的楚辭體賦創作體現了對現實的關注，他不像曹植那樣散發

〔註 49〕（清）嚴可均輯：《全上古三代秦漢三國六朝文》，北京：中華書局，1958 年，第 1126 頁。

著個人氣質的悲哀，同樣的題材，關注的角度也會不同。曹植《洛神賦》那樣神女、美人意象的作品，曹丕則寫過《出婦賦》《寡婦賦》，這些以現實中的人為對象的楚辭體文學作品，抒發情感各不同。曹丕對現實中事件與人物的關注，使得他的作品中少了屈原的浪漫，而更加沉重樸實地表現慷慨之風。

建安時期，漢代的思想體系和價值體系分崩離析，建安文學「雅好慷概」之情也體現為對女性的關切上。「出婦」「寡婦」的產生與戰亂的時代形勢密不可分，硝煙戰場後的破碎家園，形形色色的女性走入了文人的視野。與出婦一樣具有這哀怨意味的寡婦也被建安文人的擬騷詩賦中。寡婦這一形象引起關注，如同出婦一樣，都是有故事背景。曹丕《寡婦賦》的序文中介紹說：「陳留阮元瑜與余有舊，薄命早亡。每感存其遺孤，未嘗不愴然傷心，故作斯賦，以敘其妻子悲苦之情，命王粲並作之。」阮瑀早亡，其寡妻及獨子孤苦依存，曹丕和王粲同以此為題，作寡婦之賦。二人在文體上，同時選擇了楚辭體以「敘其悲苦之情」。

「婦有七出」的禮教下，男子休妻的現象經常出現，所以與寡婦的遭際相似，這一類婦女無論是出於被拋棄還是守寡，都有著可憐的遭遇。出婦進入建安文人的視野，源於真實事件的發生。建安末年，劉勳為平虜將軍，他婚後因為妻子王宋無所出而將其休了，這樣一件建安文人的關注，曹丕《出婦賦》通篇以楚辭體寫成，描述了因色衰而見棄的婦人形象，以通篇的「兮」字營造的濃濃的哀愁之感，他的同情之心浮現而出，也體現了男性的心思易變和女性的眷戀不捨。

出婦的命運是帶著極其哀怨色彩的，而以楚辭體寫成，將楚騷的哀怨傳統賦予了其本身的內容之中，出婦的悲情愁緒，都與楚辭體濃厚的抒情特色結合，更在細緻哀婉的描述中震動人心。從建安至兩晉，這類題材雖無大量存在，但是，也是女性形象演化的環節之一。楚辭體詩賦的美人和神女所賦予的寄託，已經更多轉變為對普通女性情感的描摹，這種從神到人的轉變，是文人關切現實的時代推進。

曹丕同樣也有《寡婦賦》〔註 50〕：

> 陳留阮元瑜與余有舊，薄命早亡。每感存其遺孤，未嘗不愴然傷心，故作斯賦，以敘其妻子悲苦之情，命王粲並作之。
>
> 惟生民兮艱危，在孤寡兮常悲。人皆處兮歡樂，我獨怨兮無依。撫遺孤兮太息，俯哀傷兮告誰。三辰周兮遞照，寒暑運兮代臻。歷夏日兮苦長，涉秋夜兮漫漫。微霜隕兮集庭，燕雀飛兮我前。去秋兮就冬，改節兮時寒。水凝兮成冰，雪落兮翩翩。傷薄命兮寡獨，內惆悵兮自憐。

他的《寡婦賦》都突出了悲情，從蒼生哀歎到個人，從人之悲苦感概到寡婦之命，無從是情景的描繪，還是人物行為動作的刻畫，都圍繞著淒涼的氛圍。出發於現實，著眼於普通女性的人生，以楚辭體展現哀怨，以騷情悲歎常人命運，這是騷怨精神在建安時期的體現。曹植也留有兩句《寡婦賦》〔註 51〕：「高墳鬱鬱兮巍巍，松柏森兮成行。」這裡陰鬱的氛圍，因體式所自由的哀怨內涵而愈發沉重。

神女和遠古的美人，是帶著宗教和理想的靈性，她們從姿容到居住地，都彌漫著可望不可即的神秘感。無論是生殖崇拜還是愛欲的象徵，或者就是自然之神的神格，都是脫離了人，而具有神性的。但時代的發展，往往是在打破夢幻、認清現實中逐漸演進。建安至兩晉，伴隨著對現實的關切和對生命的審視，將現實中的遭遇與人事體現在詩賦中，並以較為自我抒發的情感為指向，形成了那個時代背景下的獨特視角。而兩晉以後，南北朝文學的綺靡之風，把對人的關切更為擴展。在女性視角中，神女固然持續地反應著魏晉時代楚騷的復歸，而以騷為載體，卻突破帶有神性的女性形象，逐漸形成了出婦、寡婦主題，讓

〔註 50〕（清）嚴可均輯：《全上古三代秦漢三國六朝文》，北京：中華書局，1958 年，第 1073 頁。

〔註 51〕（清）嚴可均輯：《全上古三代秦漢三國六朝文》，北京：中華書局，1958 年，第 1125 頁。

神女題材得到了一步步地解構。

曹丕也有以征戰為題材的紀征賦。漢末開始的政治動盪，那時諸侯割據、群雄並起。建安十年到建安二十年，曹操率領的軍隊正忙於統一北方地區。大小不斷的戰爭，為軍旅題材的紀行提供了社會條件。在此社會背景下，以建安文人為中心，產生了一批軍征賦，他們懷抱著渴望建功立業的態度，並以詩賦反映現實、描摹場景以及抒發個人情感和志向，是紀行賦發展至此時的一個特殊現象。

曹丕有《述征賦》〔註 52〕，寫了建安之十三年（公元 208 年），曹操帶兵南下征伐荊楚的劉表。賦中描寫士氣之高昂，「伐靈鼓之硼隱兮，建長旗之飄颻」，這類戰爭場景頗具代表性。另有阮瑀也寫過《紀征賦》〔註 53〕，也寫於此時。兩篇賦作感情色彩頗為相似，都是寄予美好期待，表現群情激奮的出征狀態。

赤壁兵敗之後，曹操出兵合肥。曹丕《浮淮賦》〔註 54〕的序文中介紹：「建安十四年，王師自譙東征，大興水軍，泛舟萬艘。時余從行，始入淮口，行泊東山，睹師徒，觀旌帆，赫哉盛矣。雖孝武盛唐之狩，舳艫千里，殆不過也。乃作斯賦，命粲同作。」所以曹丕和王粲都有《浮淮賦》，二人皆以楚辭作賦。兩篇賦中，都以楚辭體句描摹自然景色，如王粲《浮淮賦》〔註 55〕中寫：

> 從王師以南征兮，浮淮水而遐逝。背渦浦之曲流兮，望馬丘之高澨。泛洪榜於中潮兮，飛輕舟乎濱濟。建眾檣以成林兮，譬巫山之樹藝。

曹丕《浮淮賦》寫到：

〔註 52〕（清）嚴可均輯：《全上古三代秦漢三國六朝文》，北京：中華書局，1958 年，第 1072 頁。

〔註 53〕（清）嚴可均輯：《全上古三代秦漢三國六朝文》，北京：中華書局，1958 年，第 973 頁。

〔註 54〕（清）嚴可均輯：《全上古三代秦漢三國六朝文》，北京：中華書局，1958 年，第 1072～1073 頁。

〔註 55〕（清）嚴可均輯：《全上古三代秦漢三國六朝文》，北京：中華書局，1958 年，第 958 頁。

> 溯淮水而南邁兮，泛洪濤之湟波。仰岩岡之崇阻兮，經東山之曲阿。浮飛舟之萬艘兮，建干將之銛戈。揚雲旗之繽紛兮，聆榜人之喧嘩。

以楚辭體句寫景寫場面，都能將高昂的情緒在一唱三歎中表達。

曹丕和王粲的紀征賦，都是應制之作，目的都是振奮軍心，表達出定能凱旋而歸的祝願。這樣的賦作雖有楚辭體詩句出現，但是其中基本已無騷怨精神，反而成了寫景的方式。

其他建安作家的楚辭體賦作品在不同角度各有千秋。

在建安楚辭體文學中，吟誦花的芬芳和豔麗，文人喜歡運用楚辭體入詩賦。其中有對菊花、迷迭香、宜男花、芸香、芍藥等的描繪。

鍾會有《菊花賦》〔註 56〕是對菊花的歌贊。

> 何秋菊之可奇兮，獨華茂乎凝霜。挺葳蕤於蒼春兮，表壯觀乎金商。延蔓蓊鬱，緣阪被崗。縹幹綠葉，青柯紅芒，華實離離，暉藻煌煌。華實規圓，芳穎四張。微風扇動，照曜垂光。……故夫菊有五美焉：圓花高懸，準天極也。純黃不雜，后土色也。早植晚登，君子德也。冒霜吐穎，象勁直也。流中輕體，神仙食也。……

鍾會讚美菊花之奇，以楚辭體句式統領全文，用楚辭體濃重的抒情色彩對菊花的「茂乎凝霜」的品質進行讚揚。在最後總結了菊之五美。

屈原是菊花象徵意義的開創者，菊花成為人格的象徵意義來於屈原的高貴賦予。他在《離騷》中「朝飲木蘭之墜露兮，夕餐秋菊之落英」，在《九歌·禮魂》中「成禮兮會鼓，傳芭兮代舞。姱女倡兮容與。春蘭兮秋菊，長無絕兮千古」，《九章·惜誦》有「播江離與滋菊兮，願春日以為糗芳。」王逸「言春祠以蘭，秋祠以菊。」屈原餐菊之落英，而早在先秦時代就有食菊長壽的記載，鍾會贊菊也繼承了這種菊之可

〔註 56〕（清）嚴可均輯：《全上古三代秦漢三國六朝文》，北京：中華書局，1958 年，第 1188 頁。

餐的觀念，並透漏出仙家長生不老的理想，認為菊是仙人之食。

王逸認為：「言已旦飲香草之墜露，吸正陽之津液，暮食芳菊之落花，吞正陰之精蕊，動以香淨，自潤澤也。……五臣云：取其香潔以合已德。」〔註 57〕屈原追求菊之高潔品質，餐菊與佩戴香草一樣，是屈原以表現自我高潔人格的方式。到了鍾會和孫楚，菊花同樣也是他們追尋的君子人格。鍾會的菊之五美中，有「早植晚登，君子德也。冒霜吐穎，象勁直也」，這種被稱讚的品質是不與百花爭春的獨立人格，是凌霜而開的勁直品格。

向秀《思舊賦》有以楚辭體寫景抒發離別悲情，又有《征邁辭》〔註 58〕：「上伊闕兮臨川，拊駿馬兮授鞍。中衢兮載歎，斂轡兮盤桓。」這樣抒發行兵遠離之悲歎，頗具蒼涼意味。

應瑒也有《慜驥賦》以抒發不遇之情。

應瑒作為建安七子之一，以文章見稱。他祖父曾在桓帝時任司隸校尉，父親應珣，曾任司空掾。應瑒的一生實則難以窺見不遇之悲愁，他在曹操為丞相之時，即為丞相掾屬，並於建安十六年（211）成為平原侯曹植庶子，後來又入鄴，進入了曹丕府，為五官中郎將文學。應瑒的《慜驥賦》〔註 59〕，通篇以「三 X 二兮，三 X 二」句式寫成，以楚辭體寄寓不遇之情。

> 慜良驥之不遇兮，何屯否之弘多。抱天飛之神號兮，悲當世之莫知。……願浮軒於千里兮，曜華軛乎天衢。瞻前軌而促節兮，顧後乘而踟躕。展心力於知己兮，甘邁遠而忘劬。哀二哲之殊世兮，時不遘乎良造。製銜轡於常御兮，安獲騁於遐道。

〔註 57〕（漢）王逸：《楚辭章句》（宋・洪興祖：《楚辭補注》，北京：中華書局，1983 年，第 12 頁。）

〔註 58〕（清）嚴可均輯：《全上古三代秦漢三國六朝文》，北京：中華書局，1958 年，第 1853 頁。

〔註 59〕（清）嚴可均輯：《全上古三代秦漢三國六朝文》，北京：中華書局，1958 年，第 700 頁。

這篇賦是借著千里馬的遭遇來哀悼懷才不遇之人。千里馬如自己的比喻，也是承襲了傳統的典故，這種不遇的楚辭體，實則已經有類型化的勢態，與王粲、曹植大範圍的擬騷不同，他有借楚辭體營造悲涼的氛圍而達到抒情效果，題材上，已經是借典故而闡明事理的體現。

第三節　正始楚辭體賦創作

正始時期，以嵇康、阮籍為代表的文人也都有楚辭體賦的創作。劉師培《中國中古文學史講義》中說到：「魏代自太和以迄正始，文士輩出。其文約分為兩派：一派為王弼、何晏之文，……一為嵇康、阮籍之文，文章壯麗，總采騁辭，雖闡發道家之緒，實與縱橫家言為近者也。此派之文，盛於竹林諸賢。」〔註 60〕王弼、何晏文章存世不多，也無楚辭體文學作品傳世。嵇康、阮籍則因社會與命運而創作出大量的作品，其中以嵇康《琴賦》和阮籍《清思賦》最為代表。

一、嵇康在詠物中的寄寓

「人心之動，物使之然也。」〔註 61〕《國語・楚物上》中第一次出現了「詠物」一詞：「若是而不從，動而不悛，則文詠物以行之。」〔註 62〕物化於心，情感於物，詠物是文學中的一種創作體類。鍾嶸《詩品》談及許瑤之有云：「許長於短句詠物。」〔註 63〕蕭統《文選序》中有云：「若其紀一事，詠一物，風雲草木之興，魚蟲禽獸之流，推而廣之，不可盛載矣。」〔註 64〕雖然以詠物作為一種題材而提出已經是在

〔註 60〕劉師培：《中國中古文學史講義　漢魏六朝專家文研究》，北京：商務印書館，2010 年，第 35 頁。

〔註 61〕（漢）鄭玄注，（唐）孔穎達疏：《禮記正義》（卷三十七，《樂記》第十九）（《十三經注疏》），臺北：臺灣藝文印書館，第 662 頁。

〔註 62〕徐元誥撰，王樹民、沈長雲點校：《國語集解》（《楚語上》，北京：中華書局，2002 年，第 486 頁。

〔註 63〕（梁）鍾嶸著，曹旭集注：《詩品集注》，上海：上海古籍出版社，1994 年，第 440 頁。

〔註 64〕（梁）蕭統編，（唐）李善注：《文選》（第一冊）上海：上海古籍出版社，1986 年，第 1 頁。

南朝時候，但是「詠物」的產生卻是追溯於先秦，濫觴於《詩》《騷》。

朱熹言：「物因風之動以有聲，而其聲又足以動物也。」〔註 65〕《詩經》中的動植物出現，草木蟲魚種類繁多，多有比興之用。及至屈原作《離騷》，以芳花香草寄予美好高潔的品質，又有《九章．橘頌》，以橘寄託，歌詠君子之德，抒發「蘇世獨立，橫而不流」的情志。楚辭詠物對後世產生了深遠的影響，與《詩經》中的「比興」不同，屈原的歌詠方式直接以描摹抒情達意，並沒沿襲「先言它物以引起所詠之詞」的形式。

屈作開拓創新的藝術形式帶來了無與倫比的藝術成就。其中具體意象的出現在詠物之作中體現而來。王逸《離騷經序》中所說：「依詩比興，引類譬喻。故善鳥香草以配忠貞；惡禽臭物，以比讒佞；虬龍鸞鳳，以託君子；飄風雲霓，以為小人。」〔註 66〕關於屈作中意象的出現及具體內涵前人論述相當成熟〔註 67〕，屈作中香草美人等意象的出現已被後人熟知並運用。《離騷》中出現了江蘺、芷、蘭、莽、椒、杜衡、菌、桂木、蕙、荃、留荑、揭車、菊、薜荔、芰荷、芙蓉等植物，《離騷》《九章》等作品中也有鳳凰、鸞鳥、燕雀、烏鵲等禽鳥類動物，屈原以象徵手法給這些動植物賦予了諸多意象與意義，後世文學中莫不從中汲取精華，仿擬學習。具體在魏晉南北朝時期的楚辭文學創作中，這種情形也尤為突出。綜觀魏晉南北朝時期的楚辭文學作品，在詠物題材上，大致出現了三類，以植物、動物和器物最多。這些作品不僅從形式上傳承了楚騷傳統，更在精神內涵上有所繼承並有發展。

嵇康的《琴賦》可以說是詠物題材的一篇代表之作。除了香草和

〔註 65〕（宋）朱熹集注：《詩集傳》（《詩卷》第一），北京：中華書局，1958 年，第 1 頁。

〔註 66〕（漢）王逸：《楚辭章句》（宋．洪興祖：《楚辭補注》，北京：中華書局，1983 年，第 2～3 頁。）

〔註 67〕黃鳳顯先生在其著作《屈辭體研究》中，十分精當細緻地研究了屈辭意象，對屈辭意象的創造、屈辭意象的類型分析及其中的藝術隱喻和象徵做了詳盡解釋，本書在論述中皆有參考。

禽鳥的意象，從魏晉至南北朝，更多具有人格意象的器物被納入吟詠範圍。在《楚辭》本身也有諸多器物出現。周秉高先生在《楚辭若干器物考辨》〔註68〕中統計了楚辭中的器物有「車、船、武器、樂器、珍寶、工具及其他，七類，共86種」。漢代，器物賦發展繁榮，兩漢器物賦34篇〔註69〕，題材涉及屏風、薰籠、幾、樂器、棋藝、仗、枕、燈、扇、筆、書套、酒器等，生活日用品與樂器類較常見。逮至魏晉之際，器物賦開始發展，到兩晉時期器物賦達到繁榮，題材也繼續擴大。而到了南北朝時期，器物賦的數量下降。而具體體現在楚辭體文學作品中，出現較多的是樂器題材。這就不得不提到嵇康的《琴賦》。

嵇康《琴賦》〔註70〕是一首有著一千九百多字的長賦，他從琴的用材、巧匠製琴、琴的外在形象的刻繪、琴的演奏情形以及琴曲的音樂發展、風格特色和所展現的美感等，多方面多角度地對琴進行描繪與讚揚。琴賦在最後在亂辭中總結到：「愔愔琴德，不可測兮。體清心遠，邈難極兮。良質美手，遇今世兮。紛綸翕響，冠眾藝兮。識音者希，孰能珍兮。能盡雅琴，唯至人兮」，琴之德，是以物比德的體現，音樂之教化功能古而有之，樂器能給人帶來情感的體驗，《琴賦序》中有言：「余少好音聲，長而玩之，以為物有盛衰，而此無變。滋味有猒，而此不倦。可以導養神氣，宣和情志，處窮獨而不悶者，莫近於音聲也。」而在眾器之中，「琴德最優」，他的「聲無哀樂論」，是重要的玄學命題，《琴賦》中正是體現了他的音樂觀與人生觀，琴可以使人內心平靜，怡養新生，感受古人之樂，神遊太虛。其中一曲《琴歌》「凌扶搖兮憩瀛洲，要列子兮為好仇。餐沆瀣兮帶朝霞，眇翩翩兮薄天遊。齊萬物兮超自得，委性命兮任去留。激清響以赴會，何絃歌之綢繆」將悠然自得，飄渺遨遊的仙遊情境描繪，正是音樂帶給人的美好體驗。《琴賦》中以

〔註68〕周秉高：《楚辭若干器物考辨》，《職大學報》，2004年第1期。
〔註69〕趙曉夢：《先唐器物賦研究》，安徽師範大學碩士畢業論文，2013年。
〔註70〕（清）嚴可均輯：《全上古三代秦漢三國六朝文》，北京：中華書局，1958年，第1319～1320頁。

琴喻德，抒發嵇康的哲思與感歎，內涵豐富。

稽康提出「琴德」，這實際上是比喻人的道德，這是他託琴以自娛、詠梧桐而自況的表達。他作為魏宗室姻親，遭遇司馬氏的打壓，內心的苦痛無處發洩，他寄情山水，寓情宮商，雖然無力直面抗爭，但是他不會同流合污，這種情懷和屈原「寧溘死以流亡兮」是多麼的相似。嵇康在《琴賦》中表達的最終選擇是遁世，這種脫離俗世，寄情山水的渴望，與屈原自沉的行為又是不同的命運選擇。

除了詠物賦，嵇康另有《思舊賦》也正是這種心境下的另一番真實的反映：

> 將命適於遠京兮，遂旋反而北徂。濟黃河以泛舟兮，經山陽之舊居。瞻曠野之蕭條兮，息余駕乎城隅。踐二子之遺跡兮，歷窮巷之空廬。歎黍離之愍周兮，悲麥秀於殷墟。惟古昔以懷今兮，心徘徊以躊躇。棟宇存而弗毀兮，形神逝其焉如。昔李斯之受罪兮，歎黃犬而長吟。悼嵇生之永辭兮，顧日影而彈琴。託運遇於領會兮，寄余命於寸陰。聽鳴笛之慷慨兮，妙聲絕而復尋。停駕言其將邁兮，遂援翰而寫心。

嵇康的命運是悲苦的，他因為為其友呂安作證而被殺。〔註71〕悲劇的命運也會讓他的好友無限感慨。向秀與嵇康是好友，在嵇康被殺之後，他寫下了《思舊賦》。「志遠而疏」的嵇康，「心曠而放」的呂安，他們居然不容於當世，向秀的怨憤悲涼在此賦中展露無遺。他在序中說到：「余與嵇康、呂安居止接近，其人並有不羈之才。然嵇志遠而疏，呂心曠而放，其後各以事見法。嵇博綜技藝，於絲竹特妙，臨當就命，顧視日影，索琴而彈之。余逝將西邁，經其舊廬，於時日薄虞淵，寒冰淒然，鄰人有吹笛者，發聲寥亮。追思曩昔遊宴之好，感音而歎，故作

〔註71〕嵇康與呂巽、呂安兄弟為友，呂巽姦污了呂安之妻徐氏，呂安欲控告呂巽，嵇康作為好友從中斡旋勸解，兄弟二人就此作罷。豈料事後呂巽倒打一耙，反誣呂安不孝，結果呂安被判流放。嵇康認為是自己當初的勸解害了呂安，自愧於心，於是憤然寫下了《與呂長悌絕交書》。

賦云。」向秀曾經與嵇康一起打鐵，與呂安一起經營園藝，當嵇康、呂安被晉文帝司馬昭殺害以後，向秀也曾被徵召至洛陽，晉文帝詢問他「聞有箕山之志，何以在此？」向秀以「以為巢、許狷介之士，未達堯心，豈足多慕」來應對，幸免於難。嵇康、呂安是司馬氏奪權中的犧牲品，司馬氏的狼子野心昭然若揭，蕭索悲愴的政治氛圍下，他念及舊友，不勝感傷。

魯迅曾在《為了忘卻的紀念》中說到：「年青的時候讀向子期《思舊賦》，很怪他為什麼只有寥寥的幾行，剛開了頭卻又煞了尾。然而，現在我懂了。」寥寥兩百餘字，從窮巷空廬猶在，斯人不存的現狀寫起，又寫表達了《麥秀》《黍離》之悲，想起了嵇康彈琴的超脫形象，對比起司馬氏的刻薄寡恩，又夾雜著自身如履薄冰的心情，這真是悲愴不已。

二、阮籍求女追慕的延續

阮籍的《清思賦》則更是直接地對屈原求女情節的繼承模仿。

阮籍以楚辭體而作的《清思賦》〔註72〕是述情長賦，將定情、靜情以及閒情的寫法集於一文，構建了虛無縹緲、微妙無形、寂寞無聽的境界。他的情思所寄託的女子則是美的靈動飄渺，阮籍花費大量筆墨描繪「河女」的美貌，以及他對「河女」的苦苦追求。

> 厭白玉以為面兮，披丹霞以為衣。襲九英之曜精兮，珮瑤光以發微。服倏煜以繽紛兮，綷眾採以相綏。色熠熠以流爛兮，紛雜錯以葳蕤。象朝雲之一合兮，似變化之相依。麾常儀使先好兮，命河女以胥歸。……
>
> 步容與而特進兮，眄兩楹而升墀。振瑤溪而鳴玉兮，播陵陽之斐斐。蹈消漠之危跡兮，躡離散之輕微。釋安朝之朱履兮，踐席假而集帷。敷斯來之在室兮，乃飄忽之所晞。馨

〔註72〕（清）嚴可均輯：《全上古三代秦漢三國六朝文》，北京：中華書局，1958年，第1305頁。

> 香發而外揚兮，媚顏灼以顯姿。清言竊其如蘭兮，辭婉婉而靡違。託精靈之運會兮，浮日月之餘暉。假淳氣之精微兮，幸備嫵以自私。願申愛於今夕兮，尚有訪乎是非。

與建安文人的神女描寫相似，「河女」有著皎潔似白玉的面容，有著丹霞之華服，又有著散發著馨香的姿容，言辭婉轉，帶著日月之光輝。如此帶著灑脫高雅的神女，是阮籍的夢中佳人。

然而佳人總是難以追尋。

> 摧魍魎而折鬼神兮，直徑登乎所期，歷四方而縱懷兮，誰云顧乎或疑。超高躍而疾騖兮，至北極而放之。援間維以相示兮，臨寒門而長辭。既不以萬物累心兮，豈一女子之足思。

神女的美是鮮潔、晶瑩發亮的，而當阮籍「觀悅怪而未靜」之時，河女便「將暫往而永歸」「翩揮翼而俱飛」，面對佳人的遠去，他只能「臨寒門而長辭」。阮籍對於河女的追尋，類似屈原《離騷》中的求女，是夢境的消失，是理想的幻滅，是追尋而不可得後的失落以至於絕望，他的「豈一女子之足思」的無奈之歎，實則隱藏走投無路之後的深切痛苦。

阮籍的「求女」情節與屈原的「求女」何其相似。

對於屈原作品中的女性角色，出現「美人」二字，游國恩先生統計說總共有四處，分別為《離騷》「恐美人之遲暮」、《思美人》「思美人兮，覽涕而竚眙」、《抽思》「矯以遺夫美人」「與美人抽怨兮」。而實際上，還有《少司命》中「滿堂兮美人，忽獨與余兮目成」、「望美人兮未來，臨風怳兮浩歌」，《河伯》中「子交手兮東行，送美人兮南浦」三句。游先生所說的四句詩中，「美人」可自比屈原，是一種人格意象，而《少司命》《河伯》中所稱美人，可以說是指具體的神靈。以此可見，僅「美人」二字，在不同作品中，其所指有所不同。在屈作中，可以「美人」，屈原多以自比，可以理解為抽象的概念；進而為「求女」之女，比興譬喻意味濃厚。還有「靈修」一類的神女，更有《九歌》中出現的湘夫人、山鬼等神靈形象。王逸在《離騷序》中提出「離騷之文，依詩取興，引類譬喻。故善鳥香草以配忠貞，惡禽臭物以比讒佞，靈修美人以媲於君，宓妃佚女以譬賢臣，虯龍鸞鳳以託君子，飄風雲霓以為小人……」的觀點，「香草美人」之說產生，後世大多從其說。「美人」屈原以自比，前人論述豐富，不再贅述。

對於「求女」情節，《離騷》中有三次，求宓妃，見有娀，留二姚。對於這個所求之「女」為何，歷來諸家討論甚多。《離騷》中：「吾令豐隆乘雲兮，求宓妃之所在。……望瑤臺之偃蹇兮，見有娀之佚女，吾令鴆為媒兮，鴆告余以不好。」豐隆、宓妃、佚女都是神話人物，洪興祖注道：「宓妃佚女，以譬賢臣。」〔註 73〕道出了「女」的寓意和內涵。屈原充滿夢幻的想像，是對神女的追求，是美的理想，也是政治的託寄，他哀豔纏綿的情思也暗含了對楚王之間的關係。屈原的「求女」所寓意的內涵，歷代文人有不同的見解。如王逸《楚辭章句》、戴震《屈原賦注》、錢杲之《離騷集傳》、王邦采《離騷彙定》等認為屈原求女以喻求賢臣、賢士和良輔。朱熹《楚辭集注》和蔣驥《山帶閣注楚辭》認為是求賢君。汪瑗《楚辭集解》、李陳玉《楚辭箋注》等認為求女是在求理想的政治。趙星南《離騷經訂注》、錢澄之《屈詁》、陳子展《離騷經》認為是求賢內助和賢後。黃文煥《楚辭聽直》、顧天成《離騷釋》認為在比喻秦楚婚姻相親。梅曾亮《古文辭略》、梅沖《離騷經解》、管同《雨梅孝廉論〈楚辭〉書》等認為「求女」即是求通君側。

求女之「女」，與屈原的「美人」在很多表達指向上是有重合的，他以「美人」自比，又去求帶有政治理想化身的「神女」，可以說是「美人」與「女」是同一個人。但屈原這裡所求的人，已經具有了神話背景，即被賦予了宓妃、佚女等身份，實則已經是有所指的神女。

屈作中的神話形象是豐富的，帝子、天上仙界的神女等紛湧而至。《九歌》中具體的神女形象是較為清晰的，二湘、山鬼，或者是少司命

〔註 73〕（宋）洪興祖：《楚辭補注》，北京：中華書局，1983 年，第 3 頁。

等，都是被描繪成真切而靈動的神女形象。對於《九歌》，後人也喜愛從政治角度來解讀，比如《湘君》《湘夫人》有學者認為是影射屈原和楚王之間的關係，但整體說來，《九歌》中的女神形象比《離騷》中的「美人」形象是豐富和具體的。

「美人」和「神女」在屈作中是帶著不同指向的，美人通常是依託於神女的背景，而表達出屈原「美善」的追求，「美人」就具有了賢君、賢臣又或者是賢人、賢政的內涵。「美人」是一個帶著高潔光環的意象出現，是一定程度上的凝縮和抽象的形象。這種形象凝結著屈原對於理想的塑造，是模糊了面容和身材，投入了情感與寄託的幻影似的人物。屈作中，期盼的愈發深刻，而失落的更深，他對君王陳辭與寄盼，但哀怨卻更深，美人帶來的愁緒與哀怨是求而不得的結果。「神女」是《九歌》中呈現的奇幻詭譎，帶著神靈的光輝和人類的血肉的形象，有容貌、衣著、行動，有喜悅、憂傷，「神女」是偏向世俗化的。所以，美人意象，應該是既擁有著寄託政治理想的人格象徵，又有著神靈特性的雙重內涵。

阮籍寫河女，是具有著神女的意象，形神皆美好，然而他更為重視的，也是河女的美好品德。「左右配雙瑛」「修容耀姿美，順風振微芳」「登高眺所思，舉袂當朝陽」凡此種種，河女的品德、資質以及灑脫的人格，更像是寄予了阮籍對理想人格的追求。阮籍在黑暗無序的亂世中生存，他有著精神上的痛苦和焦慮，以及對政治的絕望與恐懼，而理想中的「河女」則是瀟灑、卓爾不群的。《文心雕龍》說「阮籍使氣以命詩」，這股氣來自於內心深沉的哀歎，而屈騷的哀怨傳統，加之對神女理想人格的追求，無不展現著阮籍的擬騷特色。精神上追求絕境之自由，超越時空、超越自我，心無所累，達到與神女相交的境界，這是孤苦無助的文人將內心釋放的絕佳方式。「泰志適情以佳人」，這是阮籍《清思賦》神女之思的終極目的。

神女在楚辭體詩賦中，是逐漸隱去的，這種帶著原始的模仿在承繼與學習中，逐漸褪去了山邊澤畔的飄渺靈性，而有著越來越多的人性。這種對女性的追慕，越過兩晉，發展至南朝，就體現為傅玄《吳楚歌》〔註 74〕中的玄幻色彩：

燕人美兮趙女佳。其室則邇兮限層崖。雲為車兮風為馬。玉在山兮蘭在野。雲無期兮風有止。思多端兮誰能理。

這裡面的佳人美女，既有現實中的姓和籍貫，但又有著類似神女的上天入地，雲車風馬的玄幻之行，顯然是現實和神女描寫的傳統結合。

張纘《擬若有人兮》〔註 75〕

若有人兮傍岩石，新莆衣兮杜衡席。表幽居兮翠微上，臨春風兮聯騁望。日已暮兮夕雲飛，懷君王兮未能歸。

梁代張纘直接模擬《山鬼》而作詩，但到了南朝時，已經失去了更多玄幻色彩，而更多的只是意象的直接化用而已。

楚辭體的求女，在建安西晉之時，還繼續著屈原至宋玉筆下神女的容貌和行為，奇幻色彩仍舊濃厚，但神女的人性和人情味兒逐漸發散，神性與人性在交融匯合，直至南北朝時期，以楚辭體作神女則相對少了。神女的繼承已經逐漸脫離了求而不得的騷怨，轉化為現實的女性了。阮籍《清思賦》中求女與寄託，顯示的就更為直接了。

第四節　兩晉楚辭體賦創作

郭建勳先生提出了楚辭體文學情感世俗化的觀點，他認為楚辭體文學的情感從晉代開始具有世俗化的傾向，他說：「這不僅指其範圍侷限於仕宦隱逸、思鄉念鄉、歎逝悼亡、詠物寫懷等世俗情感之內，而且還指其情感的瑣小與柔媚，甚至是卑下。」〔註 76〕本書十分贊同他關

〔註 74〕逯欽立輯校：《先秦漢魏晉南北朝詩》，北京：中華書局，1983 年，第 562 頁。

〔註 75〕（清）嚴可均輯：《全上古三代秦漢三國六朝文》，北京：中華書局，1958 年，第 3333 頁。

〔註 76〕郭建勳：《漢魏六朝騷體文學研究》，長沙：湖南教育出版社，1997 年版，第 171 頁。

於楚辭體文學情感世俗化的提法，但是對於這種傾向並非從晉代開始，而是從建安時期已經開始。楚辭體的哀怨色彩很容易讓後世文人在抒發傷痛時去選擇而進行創作。

死亡與別離是人類難以承受之痛，在面對親人、朋友的離去，心中無法壓抑的痛苦常常會噴薄而出。除了傷心，會有怨或者恨，還可能會帶著對造成死亡根源的埋怨或痛斥。而背後，或許是家國、君王的無道之行，又或者是命運的玩弄。深沉的情感帶使騷怨範圍擴大，也使得騷怨情感豐富。

一、潘岳哀悼傷逝中的楚騷特色

抒寫強烈的悲憤情感是楚辭體的傳統，自我抒發情感的願望往往因現實的遭遇或人事而觸發。錢穆在《讀文選》中說東漢文人「僅以個人自我作中心，以日常生活為題材，抒寫性靈，歌唱情感，不復以世用攖懷」〔註 77〕，實則這種將個性化與現實相結合的情況不僅是東漢文人，而是後世文人皆相採用的，這是文學的一種自覺，也體現著文學敘述現實的功能。楚辭體文學在繼承著屈原強烈的個人悲怨情感的基礎上，不再侷限於對君主家國的責任感、懷才不遇的苦悶和憤世嫉俗等等傳統楚辭體情感，而是擴展向了生活的方方面面。有對朋友、親人的思念或者哀悼，也有對古人的追慕和悼念，這類帶著傷感情懷的楚辭體作品，無不顯示著後世文人在用楚辭體創作時候的心態，以騷寫哀，以騷寫怨，這個傳統以不同題材繼承了下去。

哀悼與政治環境難解難分，是喪失親友的痛苦，也是自身處於那個壓抑世界的痛苦，這股哀怨情感綿延不絕。至兩晉時期，這種哀悼情思非但沒有減弱，反而出現了如潘岳這樣善於用楚辭體寫詩賦文的作家，「悼亡詩」之名自潘岳起，他的悼亡哀逝作品達到了較高的程度。潘岳寫下了大量悼念亡妻的作品，另外還有《哀永逝文》《傷弱子辭》

〔註 77〕錢穆：《錢賓四先生集》（第十九冊《中國學術思想史論．讀文選》），臺灣：聯經出版事業股份有限公司，1998 年，第 165 頁。

《哭弟文》等楚辭體作品。對亡者表達哀痛之情，這並非什麼重大的社會問題，但卻是人間最真摯的情感。在兩晉那個混亂不已、人命微淺的時代，對任何生命都表示自己的尊敬與懷念，這是人類對自我和生命重視的結果，也是文人在經歷了漢代儒學等功利觀束縛之後，開始關注人類自身，關注日常的情感，並體會人的重要性。

他有感於現實中的寡婦而作《寡婦賦》〔註78〕，他在序文中說：「樂安任子咸有韜世之量，與余少而歡焉，雖兄弟之愛，無以加也。不幸弱冠而終。良友既沒，何痛如之。其妻又吾姨也。少喪父母，適人而所天又殞，孤女藐焉始孩，斯亦生民之至艱，而荼毒之極哀也。昔阮瑀既歿，魏文悼之，並命知舊作《寡婦》之賦。余遂擬之，以敘其孤寡之心焉。」潘岳姨母守寡，他又受到了建安文人以阮瑀之遺婦為題材作文的啟發，有心追慕，所以成賦。潘岳哀悼詩水平頗高，他寫哀情淒切感人。他的《寡婦賦》也以楚辭體寫成：

> 嗟予生之不造兮，哀天難之匪忱。少伶俜而偏孤兮，痛忉怛以摧心。覽寒泉之遺歎兮，詠蓼莪之餘音。情長戚以永慕兮，思彌遠而逾深。伊女子之有行兮，爰奉嬪於高族。承慶雲之光覆兮，荷君子之惠渥。顧葛藟之蔓延兮，託微莖於樛木。懼身輕而施重兮，若履冰而臨谷。遵義方之明訓兮，憲女史之典戒。奉烝嘗以效順兮，供灑埽以彌載。彼詩人之攸歎兮，徒願言而心痗。何遭命之奇薄兮。遘天禍之未悔。榮華曄其始茂兮，良人忽以捐背。
>
> ……
>
> 亡魂逝而永遠兮，時歲忽其遒盡。容貌儡以頓悴兮，左右淒其相愍。感三良之殉秦兮，甘捐生而自引。鞠稚子於懷抱兮，羌低徊而不忍。獨指景而心誓兮，雖形存而志隕。

〔註78〕（清）嚴可均輯：《全上古三代秦漢三國六朝文》，北京：中華書局，1958年，第1985頁。

> 重曰：仰皇穹兮歎息，私自憐兮何極。省微身兮孤弱，顧稚子兮未識。……墓門兮肅肅，修壟兮峨峨。孤鳥嚶兮悲鳴，長松萋兮振柯。哀鬱結兮交集，淚橫流兮滂沱。蹈恭姜兮明誓，詠柏舟兮清歌。終歸骨兮山足，存憑託兮餘華。要吾君兮同穴，之死矢兮靡佗。

潘岳全篇以寡婦口氣寫成，從對幼子遭憂開始，述說孤寡之心，他對著孩子哭泣，又摸著床褥歎氣，在傷懷中懷念丈夫，並表達出願和丈夫屍骨同穴的期待。這是一篇相當完整的擬騷作品，不僅全文以楚辭體「三Ｘ二兮，三Ｘ二」句式完成，並且有以「重曰」為名的亂辭，「重曰」則是以「三兮二」的《九歌》體完成，可以說從形式上，是對楚辭體的嚴格模擬。而在賦的敘述上，以女性口吻自述，這是對屈原以美人自擬方式的延續。抒情上，潘岳以寡婦的哀情不斷湧出為情感的突破口，並藉以草木景物等，襯托情感的抒泄。

從建安文人的寡婦題材，到潘岳的賦作，都是因現實的事件為觸發點，帶著強烈的現實映像。這種以悲怨的出婦、寡婦為中心的題材選取，早已隱去了美人、神女所具有的奇幻浪漫色彩，轉而走向了人物情感為中心的悲苦現實色彩。從美人、神女的泛化形象，到出婦、寡婦的具體指向的具體形象，體現了文人在這一題材的選取上的出發點，頗具時代特色。

潘岳與妻子情深意切，而其妻早亡，大量的悼妻詩文，是潘岳寄託思念與內心哀思的方法。他的《哀永逝文》〔註 79〕全篇以楚辭體詩句寫成：

> 啟夕兮宵興，悲絕緒兮莫承。俄龍轜兮門側，嗟俟時兮將升。嫂侄兮憧惶，慈姑兮垂矜。聞鳴雞兮戒朝，咸驚號兮撫膺。逝日長兮生年淺，憂患眾兮歡樂鮮。彼遙思兮離居，歎河廣兮宋遠。今奈何兮一舉，邈終天兮不反。盡余哀兮祖

〔註 79〕（清）嚴可均輯：《全上古三代秦漢三國六朝文》，北京：中華書局，1958 年，第 1998 頁。

之晨，揚明燎兮援靈輴。徹房帷兮席庭筵，舉酹觴兮告永遷。

……

撫靈櫬兮訣幽房，棺冥冥兮埏窈窕。戶闔兮燈滅，夜何時兮復曉。歸反哭兮殯官，聲有止兮哀無終。是乎非乎何皇，趣一遇兮目中。既遇目兮無兆，曾寤寐兮弗夢。既顧瞻兮家道，長寄心兮爾躬。

重曰：已矣。此蓋新哀之情然耳。渠懷之其幾何。庶無愧兮莊子。

這篇是他回到故居，為紀念妻亡週年而作。整篇哀祭文從啟殯、祖奠、發引至入葬之間，回憶了整個過程。他的情思意緒的流動和變化則構成哀文的主要內容。文章並沒有對亡妻的細緻回憶和評價等，但這種側面的描摹，如啟殯時難離難捨之痛，祖奠時渴望亡妻靈魂再現之念，以及發引時一路景物呈暗淡寂寥之景象，都是他將自己的悲傷化作了天地萬物之悲，感人至深。

文末有「重曰」，典型的楚辭體結構，再一次申發自己的哀思，「已矣」之歎是內心痛苦和無奈，悲痛至極，無可奈何，只能故作達觀。何焯在評價此文時說：「會悲引泣，文以情變。」實在是中肯。

除了悼妻文，潘岳也有哀傷兒子夭折，「柰何兮弱子，邈棄爾兮丘林。還眺兮墳瘞，草莽莽兮木森森」(《傷弱子辭》〔註 80〕)，這是他面對兒子墳墓的哀歎，寓情於景，木森草莽，悲思幽暗。同時他還認為弱子的離去是他的錯，發出了「赤子何辜，罪我之由」的痛責，哀情動人。在其《哭弟文》〔註 81〕中「視不見兮聽不聞，逝日遠兮憂彌殷。終皓首兮何時忘，情楚惻兮常苦辛。」這幾句更是淒切動人。

《文心雕龍・哀弔》中說：「及潘岳繼作，實鍾其美。觀其慮贍辭

〔註 80〕（清）嚴可均輯：《全上古三代秦漢三國六朝文》，北京：中華書局，1958 年，第 1997 頁。

〔註 81〕（清）嚴可均輯：《全上古三代秦漢三國六朝文》，北京：中華書局，1958 年，第 1998 頁。

變，情洞悲苦，敘事如傳，結言摹詩……」〔註82〕潘岳「情洞悲苦」的哀情色彩，「敘事如傳」的文筆，都使得他的楚辭體詩文中都情感動人。

二、左芬以屈原之哀寫離思

左芬為左思之妹，她自幼喪母。左思《悼離贈妹詩二首》中說「惟我惟妹，定惟同生，早喪先妣，恩百常情」可以得見她的身世之悲。骨肉分離的悲哀，她難以表達，於是用屈子之哀寫己哀。她說：「惟屈原之哀感兮，嗟悲傷於離別。」只有屈原那樣的哀痛悲憤，才能書寫自己的離別之情。屈原之哀愁，成為文人體驗離別情緒時最有感觸之處。魏晉南北朝的楚辭體文學作品除了對死者表達哀傷，離別也是傷感情緒需要抒發的時刻。

左芬因才名被選入宮中，司馬炎納她為妃。史籍記載左芬「姿陋無寵，以才德見禮。體羸多患，常居薄室，帝每遊華林，輒回輦過之。言及文義，辭對清華，左右侍聽，莫不稱美。」〔註83〕左芬如同宮中的御用文人，「帝重芬詞藻，每有方物異寶，必詔為賦頌」。然而這樣的女人在宮中是孤獨寂寞的，不被君主所重視，只是以她的文采點綴門面，遠離親人父母，孤獨無依。沉痛幽怨之情使得她抒發出對親人的思念。其《離思賦》曰：

> 生蓬戶之側陋兮，不閑習於文符。不見圖畫之妙像兮，不聞先哲之典謨。既愚陋而寡識兮，謬忝側於紫廬。非草苗之所處兮，恒怵惕以憂懼。懷思慕之忉怛兮，兼始終之萬慮。嗟隱憂之忱積兮，獨鬱結而靡訴。意慘憒而無聊兮，思纏綿以增慕。夜耿耿而不寐兮，魂憧憧而至曙。風騷騷而四起兮，霜皚皚而依庭。日晻曖而無光兮，氣懰栗以洌清。懷愁戚之多感兮，患涕淚之自零。

〔註82〕（南朝梁）劉勰著，范文瀾注：《文心雕龍注》，北京：人民文學出版社，1958年，第240頁。

〔註83〕（唐）房玄齡等：《晉書》，北京：中華書局，1974年，第958頁。

昔伯瑜之婉孌兮，每彩衣以娛親。悼今日之乖隔兮，奄與家為參辰。豈相去之云遠兮，曾不盈乎數尋。何宮禁之清切兮，欲瞻睹而莫因。仰行雲以歔欷兮，涕流射而沾巾。惟屈原之哀感兮，嗟悲傷於離別。彼城闕之作詩兮，亦以日而喻月。況骨肉之相於兮，永緬邈而兩絕。長含哀而抱戚兮，仰蒼天而泣血。

亂曰：骨肉至親，化為他人，永長辭兮。慘愴愁悲，夢想魂歸，見所思兮。驚寤號咷，心不自聊，泣漣洏兮。援筆舒情，涕淚增零，訴斯詩兮。

這是一篇楚辭體賦句型嚴格、結構完整的楚辭體作品。她先敘述自己的出身低微且無知，實際上這是絕對自謙的說法。將自己比做草木微末之物，而帝王豪宅卻是「非草苗之所處」，這樣富麗堂皇的宮殿，需要的是美豔動人的妃子，左芬容貌欠佳，即使她才德過人，入宮以後仍是地位低賤。「夜耿耿而不寐兮，魂憧憧而至曙」，徹夜不眠，哀不自禁。自己身處宮中，萬事皆小心翼翼，言行稍有不慎，可能會株連親人。惶恐不安的情緒籠罩，孤獨寂寞的氛圍四溢。當念及家人的時候，思念之情令她悲傷。

最後一段「亂曰」，統攝全文，再一次表達對親人的思念，她「夢想魂歸」，悲愴的情緒達到高潮。錢鍾書曾點評《離思賦》為：「宮怨詩賦多寫待臨望幸之懷，如司馬相如《長門賦》、唐玄宗梅妃《樓東賦》等，其尤著者。左芬不以侍至尊為榮，而以隔「至親」為恨，可謂有志。」左芬以才德揚名，但是在那個以貌取勝、無才便是德的社會，她終究逃不過時代給她帶來的悲哀。她的哀怨產生於對親人的思念，對自由的嚮往，並非是不能得到寵幸的失落，這一點看來，比許多宮怨詩寫的更有「志」。

從楚辭體角度看來，左芬熟讀《楚辭》，繼承屈騷哀怨的精神，寫後宮之怨，並且淒切悲憤，這是將騷怨精神內化的完美運用。

三、陶淵明「士不遇」中的批判色彩

與整個文學的發展軌跡同步，即使在抒發相同的情感，兩晉的文人多了一絲玄理之風，多了一種清麗之情。而到了東晉陶淵明，他的不遇之情，雖然也有哀傷悲慟，但其中體現的「怒目金剛」式的批判色彩，讓士不遇題材加入了更多的內涵。

《感士不遇賦》〔註 84〕就是一篇表達陶淵明不遇情節的作品。全文雖然並沒有採用楚辭體句式，但這並沒有淹沒它楚騷之怨的色彩，以致成為此時不遇題材中的耀眼篇章。

陶淵明在此賦的序中就說到：

> 昔董仲舒作《士不遇賦》，司馬子長又為之。余嘗以三餘之日，講習之暇，讀其文，慨然惆悵。夫履信思順，生人之善行；抱樸守靜，君子之篤素。自真風告逝，大偽斯興，閭閻懈廉退之節，市朝驅易進之心。懷正志道之士，或潛玉於當年；潔己清操之人，或沒世以徒勤。故夷皓有「安歸」之歎，三閭發「已矣」之哀。悲夫！寓形百年，而瞬息已盡；立行之難，而一城莫賞。此古人所以染翰慷慨，屢伸而不能已者也。夫導達意氣，其惟文乎？撫卷躊躇，遂感而賦之。

他表達了作賦的目的，古人之不遇遭遇，他感同身受。

陶淵明生於公元 352 年，卒於公元 427 年。〔註 85〕公元 371 年，陶淵明 20 歲，此時桓溫廢晉帝為東海王，立會稽王司馬昱為帝，是為太宗簡文帝。桓溫把持政權，政局動盪，社會混亂。此時陶淵明開始了遊宦生涯。《南史．陶淵明傳》說「潛弱年薄宦，不潔去就之跡」，可見他此時已經開始出任低級的官吏。此後，他做過江州祭酒、鎮軍參軍、建威參軍、彭澤縣令等小官，時有賦閒。公元 403 年，陶淵明 52 歲，

〔註 84〕（清）嚴可均輯：《全上古三代秦漢三國六朝文》，北京：中華書局，1958 年，第頁。

〔註 85〕陶淵明事蹟參考《陶淵明年譜簡編》，袁行霈撰《陶淵明集箋注》，北京：中華書局，2003 年 4 月，第 845～865 頁。

士族軍閥桓玄攻入京師，廢晉安帝而改國號為楚。次年，劉裕打敗桓玄收復京師，恢復晉帝，繼而把持朝政。公元 406 年，他寫下《歸園田居》，誤落塵網三十年之後，他開始了隱居。407 年，他寫下了《感士不遇賦》。

陶淵明生活在這個黑暗和混亂的時代。東晉偏安江左，晉孝武帝、晉安帝都是昏庸無道的君主。此時朝廷以及社會皆矛盾重重，政權實質掌握在會稽王司馬道子和他的兒子司馬元顯手中，專權下的政治腐敗不堪；由於「官以賄遷，政刑謬亂」，百姓於苛捐雜役之中，如入水火，農民起義爆發。《宋書・武帝紀》記錄了那段社會的黑暗：「晉自中興以來，治綱大弛，權門兼併，強弱相凌，百姓流離，不得保其產業。」這種政治和社會氛圍之下，陶淵明經歷坎坷的出仕以後，選擇了歸隱。而歸隱時候，他內心的失落和哀痛可想而知。但這是他看透一切後的選擇，也自然將痛苦消解，才有了隱逸田園作品中那個悠然肅穆的五柳先生。

在《感士不遇賦》中，他說「自真風告逝，大偽斯興」，無情地揭露虛偽無真的社會風氣，「閭閻懈廉退之節，市朝驅易進之心」，官場中沒有羞恥之心，奔走競進的風氣也為「懷正志道」的人所鄙棄，但他們卻無法施展自己的抱負，所以只能「潛玉」而行。在賦中，「密網載而魚駭，宏羅制而鳥驚」，這是當時的社會形態。「雷同毀譽，妙算者謂迷，直道者云妄。坦至公而無猜，卒蒙恥以受謗。雖懷瓊而握蘭，徒芳潔而誰亮」，這是個黑白顛倒、是非不分的時代，正直的人總是「蒙恥受謗」，雖然懷瑾握瑜，但是徒有芳潔，無從報效，而無恥之徒卻能加官進爵。從一開始，他就抒發著屈原的「已矣之哀」，延續著屈原的悲世情懷，高潔的品德得不到重視，美好的行為總是遭受貶抑。這種不容於世，理想人格得不到申張的情形與屈原的遭遇在歷史中產生著共振。東晉門閥制度森嚴。「士族」和「庶族」的界限如鴻溝，世家大族是政權的把持者，「所論必門戶，所議莫賢能」、「舉賢不出士族，用法不及權貴」、「上品無寒門，下品無士族」等等，這些也是陶淵明仕途受阻的因素，更是他哀怨的來源。

但他的情感已經儼然不同前代的感傷，而是加入了更多的批判和抨擊。東晉末年黑暗的現實和腐朽的政治，在這篇序中，被他無情地批判著。他並非一直沉浸於哀怨情緒中，抒發的則是「大濟於蒼生」的志向。魯迅先生曾經指出：「除論客所佩服的『悠然見南山』之外，也還有『精衛銜微木，將以填滄海。刑天舞干戚，猛志固常在』之類的『金剛怒目』式，在證明著他並非整天整夜飄飄然。這『猛志固常在』和『悠然見南山』的是一個人，倘有取捨，即非全人，再加抑揚，更離真實。」所以陶淵明的志是建功立業濟蒼生的「猛志」。

清人龔自珍也成寫詩讚美他說：「陶潛酷似臥龍豪，千古潯陽松菊高。莫信詩人竟平淡，二分《梁甫》一分《騷》。」陶淵明繼承著騷怨，是士不遇中一個鮮明的形象，在後世，「屈陶」的並稱，可以說既反映了他們共同遭遇相似性留給後人的唏噓感概，也是陶潛在詩賦文中表達的騷怨印跡的直觀體現。

兩漢時期，穩定的社會環境和儒學影響的學術氛圍中，文人的楚辭體創作是帶著較為濃厚的說教意味。而至建安時期，屈原的那種源自於對君國、百姓的責任感以及不向命運妥協的抗爭精神得到了復歸，這在楚辭體文學的不遇之作中體現的尤為明顯。漢末三國時期，動盪的社會瓦解著漢代皇權的權位，君主這一形象已經開始模糊，君主的疏遠和放離，不再是不遇的源頭，小人的姦佞也不再是政治痛苦的主要因素，反而是社會變革帶來的動盪與不安，個人命運在時代浪潮中不能掌控才形成了魏晉時期文人不遇情感的產生。到了南北朝時期，不遇題材仍舊繼續，但是，寄託著騷怨的文學作品卻在減少，南北朝文人在經歷了兩晉的時空變換之後，對於社會形態的接受度已經增強，這種悲劇意識就逐步減弱了。由此可見，建安文人的不遇是騷怨精神的復歸，顯示了在亂世蒼茫中，文人渴望建功立業的英雄主義情節，他們的不遇是社會動盪和個人亂離的遭遇形成的，建安文學宏大的慷慨悲涼之聲，在士不遇這個母題的召喚下，被賦予了時代的印跡。王粲為代表的楚辭體不遇，是其由內而發，酷似屈原的哀傷，而曹植不遇中的高昂英雄氣，是不遇傷感情緒外的一股新氣息。

至於兩晉時期，以陶淵明作品為代表的不遇題材作品，擁有了那個時代的風格。淡泊、空虛、輪迴，玄學和佛教共同作用下的社會思潮影響著哀怨精神的表達。文人的痛苦會在玄理之風與佛教之風中漸漸消散，生命的體驗不再痛苦到無以自拔，但這並未影響如陶淵明這樣的文人的不遇的哀歎。而除了痛苦，反抗式的批判和抨擊，使得不遇題材中多了一些強大的力量，尋找不遇的根源是逐漸趨於理性的結果，陶淵明雖然選擇了隱居與逃避，但他是清醒地認識了當時的政治與社會，他怒目以對，卻無力改變。這樣的不遇情感被逐漸豐富起來，更具有了新的意義。

四、其他作家

（一）兩晉有大量的詠物賦作，繼承香草意象，並且進一步擴大至不同類型的物品，形成了詠物中人格意象的擴充。

成公綏的《琴賦》〔註 86〕則是對音樂所帶來的心曠神怡之感做了細緻的描繪：「清飆因其流聲兮，遊弦發其逸響。心怡懌而踊躍兮，神感宕而忽恍。四氣協而人神穆兮，五教泰而道化通。窮變化於無極兮，盡人心之好善。」音樂的教化功能通過對琴的歌頌而體現。與嵇康《琴賦》寄託「琴德」相似，以物比德。還有江逌《井賦》、庾儵《冰井賦》〔註 87〕、孫楚《井賦》〔註 88〕等以井為詠贊對象。庾儵嘉井之厚德，贊它「美厚德之兼愛兮，乃惠存以及亡」，「保百姓之艱難兮，俾群生之寧處」，井被賦予了兼愛眾生的厚德形象。江淹《井賦》〔註 89〕也贊其：「穿重壤之千仞兮構玉甃之百節。營之不日，既汲既渫。」井為人們帶

〔註 86〕（清）嚴可均輯：《全上古三代秦漢三國六朝文》，北京：中華書局，1958 年，第 1796 頁。

〔註 87〕（清）嚴可均輯：《全上古三代秦漢三國六朝文》，北京：中華書局，1958 年，第 1667 頁。

〔註 88〕（清）嚴可均輯：《全上古三代秦漢三國六朝文》，北京：中華書局，1958 年，第 1800 頁。

〔註 89〕（清）嚴可均輯：《全上古三代秦漢三國六朝文》，北京：中華書局，1958 年，第 3141 頁。

來了便利，取之不竭，又有貢獻精神。

繁欽《硯頌》、王羲之《用筆賦》〔註 90〕、王沈《馬腦勒賦》〔註 91〕、傅咸《鏡賦》〔註 92〕、棗據《船賦》〔註 93〕、孫惠《纙車賦》〔註 94〕等等詠器物之賦，大都從器物的外形或者形成經歷開始，然後從器物的特性出發，找到其顯示品質之處，以德的角度來讚美，正如棗據《船賦》中所說「且論器而比象，似君子之淑清」，正是對這一類賦作的概括。

人格精神的闡發，是從歌詠的對象特性出發。香草、禽鳥，是生物，它們與人類的共性是文人創作時將它們人格化的出發點。但對於普遍植物、動物、器物的吟詠，是人格象徵的擴大化，屈原那種配香草而自我芬芳的情懷已經演化，或者說散化了，成為了細膩感情的抒發，或悲涼、悲愴，或激動、欣喜，或感懷家國和個人命運，無處不在的比擬，是人格特性的發揚。屈原的美政理想通常也是在對香草的芬潔讚揚中闡發。對污穢之雜草的痛惡，對芳草的高歌，懷抱著的理想和隱喻，是政治上的寄託。王逸在解讀「昔三后之純粹兮，固眾芳之所在」，認為「眾芳喻群賢」，洪興祖進一步注解「蕙、茝，皆香草，以喻賢者」。後人皆從王逸之說，以政治理念的角度來解讀屈作，已是興盛。而後人在擬騷之作中，尤其是到了魏晉南北朝時期，這種意味在逐步減弱。這樣的減弱趨勢，可以說是文學發展中的必然，擬騷所擬，大概基於後世文人的認同，而政治意味的弱化，更能反應魏晉至南北朝時期文人在政治上的態度。

〔註 90〕（清）嚴可均輯：《全上古三代秦漢三國六朝文》，北京：中華書局，1958 年，第 1580 頁。
〔註 91〕（清）嚴可均輯：《全上古三代秦漢三國六朝文》，北京：中華書局，1958 年，第 1618 頁。
〔註 92〕（清）嚴可均輯：《全上古三代秦漢三國六朝文》，北京：中華書局，1958 年，第 1752 頁。
〔註 93〕（清）嚴可均輯：《全上古三代秦漢三國六朝文》，北京：中華書局，1958 年，第 1845 頁。
〔註 94〕（清）嚴可均輯：《全上古三代秦漢三國六朝文》，北京：中華書局，1958 年，第 2119 頁。

（二）以悲秋的繼承為主導的自然景象的吟詠，楚辭體賦中寄託哀歎自然的原始情感，但隨著楚辭體的擴大化使用，自然之景寄託的情感逐漸豐富，離屈原的哀情寄哀景和秋之悲越來越遠。

自然造化神奇，有四時更替，更有天象自然之跡。春秋四時，風雨雷電，風光霽月，暑熱寒涼等等，都是古人寫入詩賦的選之不盡的題材。「春女思，秋士悲。」〔註 95〕懷春、悲秋是中國文學的兩大重要主題。當文人看到山川自然之景，心為所動，總有不禁之感歎。這類觸景生情的楚辭體文學數量龐大，涉及到的意象也較多，有悲秋題材的繁盛，也有懷春的暢吟，也有對風月霜雪、雷電暑寒的感悟。因為時代背景和個人遭遇異同，兩晉文人在體悟上也各有差異，但是，對於一些意象的情感卻是相似的，這不僅來自於他們自身的客觀感悟，也與傳承而來的楚騷傳統有著莫大的聯繫。

悲秋的產生，源自於審美中「怨」的意象，這種悲劇色彩的美學，自古就為文人所欣賞被運用。孔子論《詩》，便說「詩可以興，可以觀，可以群，可以怨。」欣賞命運之悲，感受自然之悲，這種欣賞悲劇式的基調成也為了悲秋文學發展的源泉。屈原《離騷》有「惟草木之零落兮，恐美人之遲暮。」《湘夫人》有：「嫋嫋兮秋風，洞庭波兮木葉下。」《湘君》《抽思》《涉江》《悲回風》中，無不籠罩著悲秋之感，再到宋玉的《九辯》，「悲哉秋之為氣也，蕭瑟兮草木搖落而變衰。」宋玉抒發歲月之悲，籍秋天萬物凋零的蕭索表達時光催人老的哀歎，也有自我價值在有限的生命中未能實現的歎息。宋玉之《九辯》更加突出地表達出悲愁與憂憤，或者是更集中在「秋」上，哀怨、淒怨，是自身困頓和對政局不滿的雙重表達。宋玉的悲秋，表達的委婉隱約，幽深含蓄，這種藝術的表達成為了中國文人的悲秋情結。

日本學者藤野岩友認為：「中國的悲秋文學數量宏大，直接或間接地屬於《九辯》體系，因此來自這些作品的影響，歸根到底淵源於《楚

〔註 95〕高誘注：《淮南子．卷九繆稱訓》（《諸子集成》第七冊），北京：中華書局，1954 年，第 160 頁。

辭》。」〔註 96〕屈宋以來，騷人將草木蕭瑟的秋意與幽憂窮蹙的心緒聯繫，「哀怨起騷人」，哀怨是悲秋的基調，也是騷怨精神的內涵。在漢代，悲秋題材作品不算豐富，只有漢武帝《秋風辭》和居實《秋風三疊》則是以「秋」名題的楚辭體作品。〔註 97〕到了魏晉南北朝時期，悲秋文學繁盛起來。

夏侯湛作有《秋可哀》〔註 98〕與《秋夕哀》，他的《秋夕哀》〔註 99〕道：

> 秋夕兮遙長，哀心兮永傷。結帷兮中宇，屣履兮閒房。聽蟋蟀之潛鳴，睹雲雁之雲翔。尋修廡之飛簷，覽明月之流光。木蕭蕭以被風，階縞縞以受霜。玉機兮環轉，四運兮驟遷。銜恤兮迄今，忽將兮涉年。日往兮哀深，歲暮兮思繁。

同樣的主題，他嗟歎的是秋思愁緒，他哀秋日的蕭條，哀新事物的陳舊荒蕪，哀夜之漫長，情愴愴以含傷。生命無常，秋是荒草曼曼，愁緒滿腸。

潘岳作《秋興賦》〔註 100〕有感於宋玉《九辯》，「善乎宋玉之言曰『悲哉秋之為氣也。蕭瑟兮，草木搖落而變衰。憀栗兮若在遠行，登山臨水送將歸。』夫送歸懷慕徒之戀兮，遠行有羈旅之憤。臨川感流以歎逝兮，登山懷遠而悼近。彼四戚之疚心兮，遭一塗而難忍。嗟秋日之可哀兮，諒無愁而不盡。」宋玉的悲秋對他有著直接的影響，登山臨水的羈旅之憤，是宋玉的哀怨，他感同身受，並歎秋愁哀不可散。他感「四

〔註 96〕〔日〕藤野岩友：《〈楚辭〉對近江奈良朝文學的影響》載於《楚辭研究與爭鳴》，團結出版社，第 223 頁。

〔註 97〕蘇慧霜：《騷體的發展與演變——從漢到唐的觀察》，臺北：文津出版社，2007 年版，第 192 頁。

〔註 98〕（清）嚴可均輯：《全上古三代秦漢三國六朝文》，北京：中華書局，1958 年，第 1853 頁。

〔註 99〕（清）嚴可均輯：《全上古三代秦漢三國六朝文》，北京：中華書局，1958 年，第 1853 頁。

〔註 100〕（清）嚴可均輯：《全上古三代秦漢三國六朝文》，北京：中華書局，1958 年，第 1980 頁。

時忽其代序兮，萬物紛以回薄。覽華蒔之時育兮，察盛衰之所託。感冬索而春敷兮，嗟夏茂而秋落。雖末士之榮悴兮，伊人情之美惡」，對四時變化，枯榮之變以及人情美惡都感念而發。

另外還有湛方生《秋夜》〔註 101〕、李充《懷愁賦》〔註 102〕、徐廣《秋賦》、褚淵《秋傷賦》〔註 103〕等等，都是悲秋題材下的楚辭體作品，悲怨情志皆有所發。

伴隨悲秋而生的，是愁霖的意象。「霖」是久下不停的雨，《說文》中解釋到：「霖，雨三日以往也。」淫雨綿綿不斷，惹人愁思。對於雨的悲，與秋不同，悲秋是蕭殺萬物的，而淫雨是濛濛陰晦，不得見晴日的壓抑，雨中的愁悲更多帶著悵然之感。

陸雲作《愁霖賦》〔註 104〕，他憂慮於霖雨成災，對農事不利，期盼天晴後有豐收之年，雖然他因霖雨而愁，但實際上他是想抒發「何人生之倏忽，痛存亡之無期」的惜時之感，他歎「方千歲於天壤兮，吾固已陋夫靈龜。矧百年之促節兮，又莫登乎期頤。哀戚容之易感兮，悲歡顏之難怡。考傷懷於眾苦兮，愁豈霖之足悲。」四時代序的感懷是愁己，愁年華將暮，愁歲月之更迭。另外還有傅咸《患雨賦》〔註 105〕、潘尼《苦雨賦》〔註 106〕等，也都是「愁霖」意象的賦作。

縱觀從魏晉到南北朝的悲秋愁霖之楚辭體作品，其主要繼承了宋玉的秋之悲哀，情感內核也延續他而來。文人的悲秋與愁霖，都暗含著

〔註 101〕（清）嚴可均輯：《全上古三代秦漢三國六朝文》，北京：中華書局，1958 年，第 2268 頁。

〔註 102〕（清）嚴可均輯：《全上古三代秦漢三國六朝文》，北京：中華書局，1958 年，第 1765 頁。

〔註 103〕（清）嚴可均輯：《全上古三代秦漢三國六朝文》，北京：中華書局，1958 年，第 2866 頁。

〔註 104〕（清）嚴可均輯：《全上古三代秦漢三國六朝文》，北京：中華書局，1958 年，第 2031～2032 頁。

〔註 105〕（清）嚴可均輯：《全上古三代秦漢三國六朝文》，北京：中華書局，1958 年，第 1750 頁。

〔註 106〕（清）嚴可均輯：《全上古三代秦漢三國六朝文》，北京：中華書局，1958 年，第 1999 頁。

對世事艱難的喟歎，也有生命短暫而建功立業的追求難以實現的遺憾。這種悲秋的精神中，也有著不遇情結的體現，可以說在這一題材中，他們從各個角度對屈宋的悲怨之情有著繼承的體現。

楚辭體寫景不再侷限於哀怨情感的抒發，喜悅、震撼等等世俗情感都可以被寄寓其中。

首先是喜悅情感寄託於自然景象之中。

喜霽的主題。悲秋意象是不遇、哀怨的代表，而樂春則是君子、淑人的美好情感的寄託。淫雨之後，喜霽出。霽本身就能帶給人以美好的體驗，它出現於愁霖之後，所以「喜」之是合情合理之事。但魏晉六朝文人「喜霽」，更多是為了抒發已懷，表達自己對四時更迭的歲月之歎。

應瑒《喜霽賦》〔註 107〕：「嗟四時之平分兮，何陰陽之不均。」傅玄《喜霽賦》〔註 108〕：「雖風雨之失度兮，且嘉穀之無敗。咸調暘以茲茂兮，天人穆其交泰。」陸雲的《喜霽賦》與他的《愁霖賦》為姐妹篇，在《喜霽賦》中他流露出「。四時逝而代謝兮，大火忽其西流。年冉冉其易頹兮，時靡靡而難留。嗟沉哀之愁思兮，瞻日月而增憂」的歎息，雖說是欲意表達喜悅之情，而最終仍舊是對歲月之歎。

喜霽的意象並不十分突出，但歲月倏忽易逝的核心思想的抒發也體現了文人在面對同一自然現象時所展現的心態。除了那些突出的自然意象外，還有許多其他的自然現象被文人寫入楚辭體詩賦中。

其他自然意象的寫入。

如風的題材。在楚辭中便有眾多風的意象。如《離騷》：「飄風屯其相離兮，帥雲霓而來御。」《山鬼》：「風颯颯兮木蕭蕭，思公子兮徒離憂。」《悲回風》中更是有回風的意象。江逌《風賦》〔註 109〕中：「惟渾

〔註 107〕（清）嚴可均輯：《全上古三代秦漢三國六朝文》，北京：中華書局，1958 年，第 1265 頁。

〔註 108〕（清）嚴可均輯：《全上古三代秦漢三國六朝文》，北京：中華書局，1958 年，第 1714 頁。

〔註 109〕（清）嚴可均輯：《全上古三代秦漢三國六朝文》，北京：中華書局，1958 年，第 2072 頁。

成之既載兮，統天地以資始，網宇宙以結羅兮，洞萬形而通紀。」極力描寫風馳騁於天地間，無所不在。雖然看不出風在哪裏，但是「假資眾象，借運宮商」，只要看風所加之萬物，就能知道它的所在。雖無言，而有聲。王融《擬風賦》〔註 110〕有：「奄兮日采之既移，忽兮群景之將馳。」

如雷的題材。傅玄《驚雷歌》〔註 111〕：「驚雷奮兮震萬里。威陵宇宙兮動四海。六合不維兮誰能理。」雷有著勢不可擋的氣勢，威振宇宙。

夏侯湛有《雷賦》〔註 112〕：

> 伊朱明之季節兮，暑爞赫以盛興。扶桑煒以楊燎兮，雷火曄以南升。大明黯其潛曜兮，天地鬱以同蒸。製丹霆之焰焰兮，奮迅雷之崇崇。馳壯音於天上兮，激駿響於地中。徒觀其霰雹之所搖鑿，火石之所燒爍，雲雨之所澆沃，流潦之所淹濯。當沖則摧破，遇披則殲溺。山陵為之崩蕩，群生為之震闢。是以大聖變於烈風，小雅肅於天高。嗟乾坤之神祇兮，信靈威之誕昭。故先王制刑，擬雷霆於征伐。恢文德以經化兮，耀武義以崇烈。苟不合於大象兮，焉濟道以成哲。
>
> 雷聲響徹天地，帶來火石之光，製造丹霆之焰火。雷有摧天闢地之氣勢，撼乾坤之威力。夏侯湛認為先王制刑的時候，讓雷去征伐，去恢覆文德。「恢文德以經化兮，耀武義以崇烈。苟不合於大象兮，焉濟道以成哲。」雷被賦予了道德的功能，由於它的威力十足，用來開教化之道。

李顒《雷賦》〔註 113〕中也寫到雷的摧天坼地之勢。「應厲風以相

〔註 110〕（清）嚴可均輯：《全上古三代秦漢三國六朝文》，北京：中華書局，1958 年，第 2854 頁。

〔註 111〕逯欽立輯校：《先秦漢魏晉南北朝詩》，北京：中華書局，1983 年，第 567 頁。

〔註 112〕（清）嚴可均輯：《全上古三代秦漢三國六朝文》，北京：中華書局，1958 年，第 1850 頁。

〔註 113〕（清）嚴可均輯：《全上古三代秦漢三國六朝文》，北京：中華書局，1958 年，第 1767 頁。

薄兮，包群動而為長。乘去氣之鬱蓊兮，舒電光之炯晃。驚蟄蟲於始作兮，懼遠邇之異象。」這是對雷出現之時的描繪，它被賦予了很高的威力。在李顒的筆下，雷有著承擔教化的職責，它「於是上穆下明，順天承法。戒刑獄以致亨，孰非善而可攝。正震體於東方，立不易之恒業。豫行師以景奮，解宥過而人協。」雷的人格化和意象化，是從它本身的威力出發，順應了人們對於醜惡事物懲罰的需求，它是「君子恐懼而修省，聖人因象以製作」，利用雷的威力來震懾，以穆明法度，這是人們對自然敬畏的同時，有渴望利用自然現象的心態所致。

如雪的題材。應瑒《七言詩》〔註 114〕：「陰雲起兮白雪飄。」王韶之《詠雪離合》：「霰先集兮雪霏霏，散輝素兮被詹庭，麴室寒兮朔風厲，川陸涸兮百籟鳴。」突出雪帶來的朔風寒意。孫楚《雪賦》〔註 115〕：「堯九載以山棲兮，湯請禱於桑林。罔二聖以濟世兮，孰繁衍以迄今。嗟亢陽之逾時兮，情反側以寢興。豐隆灑雪，交錯翻紛。膏澤偃液，普潤中田。肅肅三麥，實獲豐年。」孫楚賦又體現了人們對未來豐收之年的期盼，對瑞雪兆豐年情形的欣喜。袁淑也有《詠寒雪詩》〔註 116〕。

還有夏侯湛《大暑賦》、卞伯玉《大暑賦》〔註 117〕、成公綏《大河賦》〔註 118〕、傅咸《感涼賦》〔註 119〕、潘岳《寒賦》〔註 120〕、江

〔註 114〕逯欽立輯校：《先秦漢魏晉南北朝詩》，北京：中華書局，1983 年，第 389 頁。

〔註 115〕（清）嚴可均輯：《全上古三代秦漢三國六朝文》，北京：中華書局，1958 年，第 1800 頁。

〔註 116〕逯欽立輯校：《先秦漢魏晉南北朝詩》，北京：中華書局，1983 年，第 1212～1213 頁。

〔註 117〕（清）嚴可均輯：《全上古三代秦漢三國六朝文》，北京：中華書局，1958 年，第 2661 頁。

〔註 118〕（清）嚴可均輯：《全上古三代秦漢三國六朝文》，北京：中華書局，1958 年，第 1795 頁。

〔註 119〕（清）嚴可均輯：《全上古三代秦漢三國六朝文》，北京：中華書局，1958 年，第 1750 頁。

〔註 120〕（清）嚴可均輯：《全上古三代秦漢三國六朝文》，北京：中華書局，1958 年，第 1980 頁。

淹《赤虹賦》〔註 121〕、裴子野《寒夜賦》〔註 122〕等等，以自然現象作為題材，或描摹自然奇麗景觀，或借天象以抒發個人情感。

第五節　南北朝楚辭體賦創作

南北朝楚辭體創作越來越少。但出現了江淹這樣善於模擬楚辭創作的典型作家。他將楚辭體形式用於悼亡題材的書寫，很好地利用楚騷哀怨的情感特質，創作出較多出色的悼亡傷今的作品。在江淹的帶領下，又有許多南朝文人也逐漸採取楚辭體寫哀悼，成為了這個時期楚辭體賦的特色。但刻意的擬騷所寄託的情感已經更加世俗化，雖以哀情為主，但騷怨的獨特個人氣息逐漸消淡。

一、江淹刻意擬騷中的世俗情感

南北朝時期的潘岳悼亡哀逝文也繼承了此種風格。南朝梁時的文人江淹是一位擬古的高手，鍾嶸說他「詩體總雜，善於模擬」。深受《楚辭》影響的他，有 28 首楚辭體作品傳世。《應謝主簿騷體》《劉僕射東山集學騷》《傷友人賦》《傷愛子賦》等，都是較為有名的楚辭體作品。江淹少有才名，據說六歲能詩。出身於衰落的世家大族，其父江耽任官階較小的官吏，屬於低層的士族，家境貧寒。江淹二十歲走上仕途，一生輾轉，基本都是在劉宋王朝幾個藩王做幕僚。他在建平王劉景素下做主簿時候，結識謝超宗，即謝靈運的孫子，與他皆有楚辭體來往詩作傳世，他《應謝主簿騷體》〔註 123〕是較為工整的擬騷之作，如「山欞靜兮悲凝涼，澗軒掩兮酒涵霜。曾風激兮綠蘋斷，積石閉兮紫苔傷」等描摹寫景，皆有楚辭體餘韻。

〔註 121〕（清）嚴可均輯：《全上古三代秦漢三國六朝文》，北京：中華書局，1958 年，第 3140 頁。

〔註 122〕（清）嚴可均輯：《全上古三代秦漢三國六朝文》，北京：中華書局，1958 年，第 3261 頁。

〔註 123〕（清）嚴可均輯：《全上古三代秦漢三國六朝文》，北京：中華書局，1958 年，第 3150 頁。

在傷悼題材上，江淹也以楚辭體抒情，較為突出的是她的《傷友人賦》和《傷愛子賦》。江淹在序中交代了《傷友人賦》〔註 124〕寫作緣由：「僕之神交者，嘗有陳郡之袁炳焉。有逸才，有妙賞，博學多聞，才明敏而識奇異。僕以為天下絕倫，黯與秋草同析，今不復見矣。既而陳書有念，橫瑟無從，雖乏張、范通靈之感，庶同嵇、向篤徒之哀。」袁炳，字叔明，陳郡陽夏人，大概是現在河南淮陽人。袁炳博學多聞，品德高尚，江淹對他十分崇拜。二人年齡差距較大，能成為忘年交，可見情誼深厚。江淹在序中提到嵇康、向秀之情誼，亦可能感於《思舊賦》而作《傷友人賦》。

此賦開始即以「泫然沾衣兮，悲袁友之英秀」表達哀痛，然後從袁炳的家世、人品以及學識逐步介紹，中間多有譬喻。後又介紹他與袁炳的交往，「既遊遇兮可尋，乃協好兮契心」，二人知己得遇，交往密切，「披圖兮昭籍，抽經兮閱史。共檢兮洛書，同析兮河紀。既思遊兮百說，亦窮精兮萬里」，他們共同搜集書籍，批閱經史，研究河圖洛書之奧義，志同道合的生活經歷讓江淹難以忘懷。「爾湘水兮深沉，我前山兮眇默。惟音華與書酒，伊楚越兮南北。余結誼兮梁門，復從官兮朱藩」，這樣的運用典故的手法此文較為豐富，把二人在一起的精神愉悅和享受透徹地展現。而這樣的知己逝去，他的只能深深地陷入痛苦，渴望與其魂靈對話。「魂綿味其若絕，泣縈盈其若結」，失魂落魄的作者只能哽咽泣涕。江文通的《傷友人賦》與向秀的《思舊賦》相比，更側重於寫二人交往中間的種種美好場景，而其哀在描寫時則著力較少。

江淹另有楚辭體《傷愛子賦》〔註 125〕，他的兒子江艽，字胤卿，其第二子。江淹稱其為「生而神俊，必為美器」，如此優秀的兒子早逝，他「悲至躑躅」，痛不堪言。江淹一生悲苦，他三十一歲時（公元 475

〔註 124〕（清）嚴可均輯：《全上古三代秦漢三國六朝文》，北京：中華書局，1958 年，第 3144 頁。

〔註 125〕（清）嚴可均輯：《全上古三代秦漢三國六朝文》，北京：中華書局，1958 年，第 3144 頁。

年），為建平王幕僚，而此時因為進諫而觸怒建平王被貶謫至吳興，這一年，他幼子夭亡，妻子病亡。政治的失意如果不足以讓他消沉，而妻、子的相繼離去，使他陷入了巨大的痛苦。江淹有《悼室人》詩十首，極敘悲哀。這篇《傷愛子賦》作於《悼室人》前。而後，其三十四歲時，知己殷孚卒，他作《知己賦》，同年內弟劉喬卒，作《傷內弟劉長侍》《宋故安成王右長侍劉喬墓誌文》。面臨親人摯友的紛紛逝去，一生悲慟不斷。

他在《傷愛子賦》中發出「嗟誇何兮弱子，我百艱兮是尋。……惟人生之在世，恒歡寡而戚饒」，人生在世的悲苦使得他步履維艱，情感上的一次次衝擊，人生寡歡的現實，讓人不得不生出造化弄人的悲歎；「傷弱子之冥冥，獨幽泉兮而永閟」，這是多麼讓人無奈的悲傷現實。

江淹的詩賦文中，都無不體現著他的沉鬱的性格和悲怨的情懷，作品中大都彌漫這濃濃的哀傷，憂愁慘淡等等傷感的字眼處處出現。不幸的人生遭遇和沉鬱的性格，造就了他作品充滿哀情的風貌，可以說是楚辭體文人中有著強烈哀怨之情的。也正是由於這樣的原因，江文通選擇以帶著騷怨精神的楚辭體來創作，從情感的抒發上，帶著自覺的繼承。

除了江淹以外，謝莊也是一位刻意擬騷的作家。《南齊書・文學傳論》說：「謝莊之誄，起安仁之塵。」謝莊刻意模仿潘岳，寫過許多哀誄文。如《孝武宣貴妃誄》《皇太子妃哀策文》，以及《黃門侍郎劉琨之誄》〔註126〕等。《黃門侍郎劉琨之誄》是一篇哀悼劉琨的誄文，其曰：

> 秋風散兮涼葉稀，出吳洲兮謝江幾。瞻國門兮聳雲路，睇舊里兮驚客衣。魂終朝而三奪，心一夜而九飛。過建春兮背闕庭，歷承明兮去城輦。旌徘徊而北縈，輀逶遲而不轉。挽掩隧而辛嘶。驥含愁而鳴俯。顧物色之共傷，見車徒之相泫。

這是一篇楚辭體詩句型「三兮三」與去兮的「三Ｘ二」句型結合

〔註126〕（清）嚴可均輯：《全上古三代秦漢三國六朝文》，北京：中華書局，1958年，第2631～2632頁。

的短文，實則有詩的形式。這裡的擬騷突出，用楚辭體句營造蕭索淒涼的氛圍，表達對亡友的悼念。

南朝的哀悼傷逝文數量龐大，以楚辭體為載體的也是數量豐富。文學創作相對較貧瘠的北朝，也是有擬騷之哀悼文出現的。北魏孝文帝拓跋宏，他的《弔殷比干墓文》〔註127〕是一篇哀悼先人的悼文，據《魏書·高祖紀》記載，孝文帝駕車路過鄴城，經比干之墓，親為弔文，世傳書法家崔浩刻之，其書法也是魏碑中的精品。此篇哀悼文，中間以大量的楚辭體句式，對比干的生平進行描述，讚揚他的耿介與忠貞。如：

> 曰三才之肇元兮，敷五靈以扶德。含剛柔於金木兮，資明暗於南北。重離耀其炎輝兮，曾坎司玄以秉黑。伊稟常之懷生兮，昏睿遞其啟則。晝皎皎其何朗兮，夜幽幽而致蔽。哲人昭昭而澄光兮，狂夫默默其若翳。諮堯舜之耿介兮，何桀紂之猖敗。沉湎而不知甲兮，終或己以貽戾。謇謇兮比干，藉胄兮殷宗。含精兮誕卒，冥樹兮英風。稟蘭露以滌神，湌菊英而儆容。茹薜荔以蕩識，佩江蘺以麗躬。履霜以結冰兮，卒窘忠而彌濃。千金豈其吾珍兮，皇舉實余所鍾。奮誠諫而爐軀兮，導危言以釁鋒。

其中的用詞與意象，以及表達方法，皆是精心地模擬《離騷》，其擬騷之心態可見。且全文最後又有「重曰」之辭，結構的模擬也十分工整，體現了北朝的楚辭體文學風貌。

哀悼傷逝作品的情感內核就是悲哀，這恰恰暗合了楚辭體的情感實質。騷怨精神逐步走向人類情感的方方面面，用曲折婉轉、一唱三歎的楚辭體句式抒發著文人對親友離去的悲慟，具有了更豐富的情感色彩。

江淹除了哀悼題材的楚辭體賦，還有紀行題材為主的賦作傳世。

紀行山水詩賦在南北朝時期興盛，六朝文人擅長抒情小賦，山水紀行賦在山水詩歌的影響下也出現了新的特點。此時的擬騷作家，是

〔註127〕（清）嚴可均輯：《全上古三代秦漢三國六朝文》，北京：中華書局，1958年，第3551頁。

以江淹為代表，他的諸多擬騷作品中，不少是以寫景紀行來抒情，抒發的感情也以悽愴悲傷為主，很少有輕鬆的氛圍和積極的情緒，這也體現了擬騷作家以騷寫哀怨的有意選擇。

江淹《江上之山賦》《思北歸賦》《去故鄉賦》《哀千里賦》都是騷散結合結合的作品，這些作品有意模仿屈原的《涉江》《哀郢》，營造出離別或者失意的氛圍，體現了他悲戚情感。

他的《去故鄉賦》〔註 128〕是離開故鄉、赴任途中的悲慨。他寫景物是「日色暮兮，隱吳山之丘墟。北風析片兮絳花落，流水散兮翠茆疏。愛桂枝而不見，悵浮雲而離居。」一開始就通過暮色、山丘、北風、落花、流水等等景物，寫了初冬的蕭索以及路途的遙遠艱苦，惆悵哀婉。江淹離開故鄉去遊宦，是因為遭遇小人的讒言而被貶謫，政治上失意如同屈原一般。他「出汀洲而解冠，入漵浦而捐袂。聽蒹葭之蕭瑟，知霜露之流滯。對江皋而自憂，弔海濱而傷歲」，種種對屈原的哀悼，對自身命運的哀歎，都與山水景色融合，情景交融，以山水寄哀情。同時，在表現手法上，也善用比興。「江南之杜蘅兮色已陳，願使黃鵠兮報佳人。橫羽觴而淹望，撫玉琴兮何親」，這種以美人託喻君臣關係的手法也為其所用。

《哀千里賦》〔註 129〕與《去故鄉賦》作於同一時期，表達的情感也類似，他對荊楚之地的描寫，也是寫盡了江山阻隔、道路遙遠，回歸故鄉的期待也似飄渺無望。「蕭蕭江陰兮，荊山之岑。北繞琅邪碣石，南馳九疑桂林。山則異嶺奇峰，橫嶼帶江，雜樹億尺，紅霞萬里」，去國辭友的悲傷縈繞。同時，他在《思北歸賦》〔註 130〕中「去三輔之臺殿，辭五都之城市。惟江南兮丘墟，遙萬里兮長蕪。帶封狐兮上景，連

〔註 128〕（清）嚴可均輯：《全上古三代秦漢三國六朝文》，北京：中華書局，1958 年，第 3143 頁。

〔註 129〕（清）嚴可均輯：《全上古三代秦漢三國六朝文》，北京：中華書局，1958 年，第 3143 頁。

〔註 130〕（清）嚴可均輯：《全上古三代秦漢三國六朝文》，北京：中華書局，1958 年，第 3141 頁。

雄虺兮蒼梧」，這樣行走奔波的情形如似屈原，離開故鄉渴望回歸的心情在行走中展現。

值得注意的是，江淹是一位善於模擬楚辭體的文人，他在結構上以「少歌曰」「重曰」等結尾，再次重申己志，表達自己渴望為君所用的心情。

他在《去故鄉賦》中同時寫寫下了「少歌曰」和「重曰」：

> 少歌曰：芳洲之草行欲暮，桂水之波不可渡。絕世獨立兮，報君子之一顧。是時霜翦蕙兮風摧芷，平原晚兮黃雲起。寧歸骨於松柏，不貫名於城市。若濟河無梁兮，沉此心於千里。
>
> 重曰：江南之杜蘅兮色已陳，願使黃鵠兮報佳人。橫羽觴而淹望，撫玉琴兮何親。瞻層山而蔽日，流餘涕以沾巾。恐高臺之易晏，與螻蟻而為塵。

反覆地吟詠歌唱，一再地表達心志，是對屈騷精神的很好繼承。

寫景抒情，以景物的描寫渲染氣氛，創造意境，這種極致的表達方法是南朝文人最擅長的。除了江淹，謝靈運、鮑照、傅亮、沈約等等都有此種類型的賦作，而作為擬騷最高超者，江淹是較有代表性的。

江淹的山水紀行總是透露著對屈原一生行走痕跡的關照。

屈原一生三次遭遇放逐，他步馬山皋，馳車芳林，穿越湘江、沅水，《離騷》《涉江》《哀郢》《抽思》《遠遊》等作品中，皆有行程描寫，他徘徊流連於山川水澤，並於山水之行寄託他的情感與理想。

屈原的行走，其實是在玄幻與現實中穿梭的。他不僅在離奇飄渺的世界追問尋找，也在自然的山川澤畔行吟。他結合了虛幻與現實的上下求索形成了屈原作品的獨特的景象。楚地獨特的巫祇文化和楚地文學的影響，使得飄渺虛幻、神奇瑰麗的遊仙文學有了生長的土壤。屈原《遠遊》中「聞赤松之青塵兮，願承風乎遺則。貴真人之修德兮，美往世之登仙」的描繪，創造了一個虛幻離世的世界。《離騷》《涉江》《悲回風》中也有遊歷仙境的奇幻情節，這些共同構築了屈原追尋的仙界，屈原苦苦追尋並肆意遨遊。王逸認為「屈原履方直之行，不容於世。上為讒佞所譖毀，下為俗人所困極，章皇山澤，無所告訴。乃深惟元一，修執恬漠。思欲濟世，則意中憤然，文采鋪發，遂敘妙思，託配仙人，與俱遊戲，周歷天地，無所不到。」〔註 131〕屈原託配仙人，周遊天地，無所不到的求仙的原因，是他不容於世上，又被姦佞所害，人世間的人物以及山川，不足以承載屈原的訴求，所以他才走向了茫茫仙境。王逸認為，屈原「把然猶懷念楚國，思慕舊故，忠信之篤，仁義之厚也。是以君子珍重其志，而瑋其辭焉。」屈原的求仙之旅，是帶著忠信與仁義的君子之行，求仙的意味就帶著對理想的追求和寄託情志了。

在現實世界中，因為貶謫，屈原行吟江畔，他「乘鄂渚而反顧兮，欸秋冬之緒風。步余馬兮山皋，邸余車兮方林。乘舲船余上沅兮，齊吳榜以擊汰。船容與而不進兮，淹回水而凝滯。朝發枉陼兮，夕宿辰陽。」這些寄沉重之情於山水之中，山水的種種形態都是他內心的寫照，山水的情感也是他的情感關照，羈旅中的失落與寂寞都印在他行走過的自然景物之中。現實中的山水是他情感的投射，「抒情言志」的特色貫穿始終。由此，紀行題材也是屈原作品中開創。葉幼明《辭賦通論》中認為：「我國紀遊文學最早就是從辭賦開始的。紀遊辭賦的淵源可以上溯到先秦時期，屈原的《涉江》《哀郢》，可以算作它的濫觴。」〔註 132〕紀行文學從屈原處學習，從主題到語言風格，皆為後世擬騷之作的學習對象。

二、其他作家

南朝繼承和發展了魏晉時期的抒情小賦，取材上大多是山水風月，抒情言志，清新雋永。除了江淹那樣善於創作，流傳作品較多的辭賦家，也有謝靈運、鮑照等頗有成就的大文學家。但他們留下的楚辭體賦

〔註 131〕（漢）王逸：《楚辭章句・離騷經序》（宋・洪興祖：《楚辭補注》，北京：中華書局，1983 年，第 163 頁。）

〔註 132〕葉幼明：《辭賦通論》，長沙：湖南教育出版社，1991 年 5 月，第 97～98 頁。

較少，而是以五七言為主要創作對象。整體來看，南北朝文人較少選擇以楚辭為模擬創作的對象，大多文人是一兩篇傳世。而題材都覆蓋於山水、自然風光的描寫，抒發的是與景物相稱的情感。

南朝文人更注重對秋之景色的描寫，騷怨的精神在工於文辭之中有所減弱。

蕭綱有悲秋之作《臨秋賦》〔註 133〕：

> 火歇兮秋氣生，風起兮秋潦清。覽時興而自得，聊飛轡而娛情。遵二條之廣路，背九仞之高城。爾乃登長阪，息余驥。攬筆舒情，沉吟屬思。草色雜而香同，樹影齊而花異。遙峰迢遞，縈沙斷絕。雲出山而相似，水含天而難別。

這篇描繪了秋的寒蟬寒雁，落葉樹影，景色描繪細緻，但悲涼氣氛較弱。作為統治者，他也沒有不遇文人墨客的騷怨之哀，所以，秋的內涵相對較為單薄了些。

應該注意到的是，作為承載著悲怨的悲秋視角，到了南朝已經有了許多轉變。南朝整體文學風氣的變化，使得楚辭體文學的創作也呈現了「豔情寫騷體」的特色。正如蔣方所說，這一時期的楚辭接受角度是有了新的變化，從重情轉到關注豔辭，並以豔詞寫楚辭體的特色。〔註 134〕如蕭綱的《臨秋賦》與蕭繹《秋風搖落》，其中對於景物的描寫雖然有繼承著屈原作品，但是其中的氛圍已經不是悲怨，而是著力於華庭美人的刻畫中，金碧輝煌的文字刻畫技巧，營造的不是哀婉淒切，反而顯得是生活的情趣。帝王的身份使得他們不可能體會屈原和宋玉的內心淒涼，借秋的凋零失落表達自身失意不足以為他們使用，悲秋只是他們表達閒情逸致的一個方法而已。騷怨精神隨著悲戚情感的消失而減弱。

〔註 133〕（清）嚴可均輯：《全上古三代秦漢三國六朝文》，北京：中華書局，1958 年，第 2994 頁。

〔註 134〕蔣方、張忠智：《論楚辭文體在魏晉六朝的傳播與接受》，《湖南師範大學社會科學學報》，2002 年 7 月第 4 期。

對情感於自然搖曳共鳴，文人的苦痛惆悵從自然中能得到展現，悲哀之情也是觸景而發，這類文學傳統從來都能得到很好繼承。但除了蕭索荒涼之景，也有更多是能觸發喜悅之情，是可以消散苦悶的。以楚辭體寫景，表達喜悅之情在南朝時期較為常見，這種消愁於四時風物，抒發心曠神怡、自得其樂的心情的作品比比皆是。

總　結

本書以魏晉南北朝楚辭學為研究對象，從郭璞《楚辭注》及其他專著研究、屈原評價研究、《楚辭》評價研究、楚辭體詩研究以及楚辭體賦研究五個部分來論述。

魏晉南北朝時期，其他楚辭類專著都已亡逸，唯獨郭璞《楚辭注》經近現代學人鉤沉，有一小部分內容得以呈現，另有一部分內容為參證郭璞注解《爾雅》《方言》《山海經》等典籍參證而來。本書沿用近現代學人的方法，加入參證資料 29 條，列於附錄一。除了參證的郭璞注解，還有 28 處為郭璞對《楚辭》的直接研究，這部分內容也具有一定的學術價值：從郭璞對《楚辭》詩句的引用，可以校勘現有傳世版本的《楚辭》原文；從其對《楚辭》中相關內容的解釋，又能看出他對楚辭的注釋思想，即以神話的角度來理解《楚辭》中涉及的人物以及地理故事。對於魏晉南北朝其他楚辭注解類專著，本書以《隋書・經籍志》記載書目為綱，依次進行梳理，進行了介紹性研究。由於資料所限，未能深入。總體說來，對郭璞《楚辭注》的研究還有許多可以發掘的空間。郭璞注釋對後人，如洪興祖的影響還可繼續發掘。

魏晉南北朝時期沒有大部頭的楚辭專著類流傳下來，那麼對屈原和《楚辭》的評價則是散落於詩、賦、文，以及史書典籍中的。本書對這一時期的流傳書籍進行檢索，得出魏晉南北朝楚辭及屈原批評資料，列於附錄二。

屈原作為一個個性鮮明、事蹟豐富的歷史人物，會給魏晉南北朝時期的文人帶來內心的漣漪。和他一樣失意的悲傷的文人，能找到和他情感的共鳴，渴望建功立業、為國為民的文人，能找到和他相同的志向。作為一個英雄式的人物，屈原帶給後人的不僅是作品中情感的衝擊和文辭的薰染，更多的是他高潔的情志和不屈的精神留下的正能量。屈原是一個充滿斗爭性的人物，但卻以悲劇的模板演繹人生，無論從哪個角度，後世文人總能從他身上看到自己。

魏晉時期的文人，除了感同著屈原的悲怨情感、讚揚著屈原的高潔之志以外，還對他憤懣自沉普遍表示了批評。在那個隱逸為風尚的時代，可以說是情理之中的表現。魏晉至南北朝，如此紛雜的社會、政治環境，使得文人們無法找尋一個可以申志和表情的環境，他們從肉體到精神上，都遭受著諸多的壓抑，憤然反抗的結果總是悲慘的，所以兩晉以後，隱逸成為了許多文人求而不得後的無奈之路。在反觀屈原命運時，他們表達了明哲保身的觀點。在這個角度上，無論是隱還是顯，都並無任何的不妥或者錯誤，人生命運的選擇當是發自於內心的，重視個人價值、提倡人本主義、珍視生命，這樣的想法是魏晉文人帶給後人的一個指示。

當然，對屈原愛國主義的讚揚也是較為間接地呈現。魏晉六朝的文人喜愛將伍子胥與屈原並稱，作為忠貞不屈的代表，二者形象光輝耀眼。在表達哀傷的不遇之時，屈原和賈誼並稱，也可以反映此時文人對屈原形象的理解。屈原行吟江畔、散髮披劍的落魄形象逐漸形成，賈誼哀屈原以感自己不遇的悲涼，讓這兩個人的形象逐步合併，甚至成為不遇的形象符號。屈伍、屈賈並論，可以看成是屈原形象符號化的過程，伍子胥的愛國忠貞、賈誼的失落不遇，都進一步強化了屈原在當時以及後世人們的形象特點。

魏晉南北朝時期對於《楚辭》的評價是極其豐富的。從建安時期曹丕《典論・論文》，到兩晉時期皇甫謐、摯虞，再到南朝宏大的文學批評著作，對《楚辭》的評價一直貫穿。南朝時期的文學批評勃興，劉勰《文心雕龍》、鍾嶸《詩品》、蕭統的《文選序》、以及蕭綱、蕭繹的兄弟等的文學討論轟轟烈烈，其中對楚辭的評價皆有涉及，《文心雕龍·辨騷》更是單篇以探究。本書沒有針對每個批評家一一作楚辭批評的討論，而是選擇幾個角度，試圖從這個問題入手，探索魏晉南北朝楚辭批評。

由於魏晉時期「痛飲酒，熟讀《離騷》」的誦騷之風流行，從民間風氣中觀看更多文人對楚辭的態度，可以看出《楚辭》的流傳情況。對《楚辭》的認識，首先是對它與《詩經》的源承關係上來看，漢代「依經取義」的評價對魏晉南北朝文人影響較遠，「矩式周人」「古詩之流」的評價角度可以看到對漢人觀點的繼承，然而屈原之後的宋玉風格逐漸綺麗，於是「淫浮」的批評之聲出現，「乖乎風雅」的觀點本質上還是儒家傳統一脈的繼續。但從另一個角度看來，從詞藻與情感的角度看到屈原以後《楚辭》的特色，是一番新的角度。

「兮」字作為楚辭體的標誌，劉勰有「入於句限」和「出於句外」的說法，這正是說明了「兮」字的作用，具有總結意義。楚辭為五言濫觴之說在魏晉南北朝時期頗為盛行，這種從文體特徵角度來關注《楚辭》是那個時代特有的現象。

魏晉南北朝時期的文人對屈原和《楚辭》的關注有體現於直接的評價之中，更體現於對楚辭進行模擬創作的楚辭體文學作品中。

後世文人在模擬《楚辭》進行創作時，首先都好不猶豫地繼承了「兮」字，也正因為這一點，我們才可以稱其為楚辭體。還有，我們不難發現，從漢代文人的擬作中就延續著兩種創作模式，一種是運用《離騷》《九章》等作品中大量使用的「三 X 二兮，三 X 二」句式，構成了篇幅較長的楚辭體賦的創作，另一種是運用《九歌》大量使用的「二兮二」「三兮三」「三兮二」等句式，這一類作品通常篇幅較短，在命名上，作家也有意識地以「詩」「歌」等為名。這一傳統延續至魏晉南北朝，也成為了楚辭體賦和楚辭體詩的主要特徵。

從魏晉南北朝楚辭體詩的發展來看，從魏晉到南北朝，每個時代都有突出的楚辭體詩人，他們以楚辭體詩的形式寫成，在內容與情感上對楚辭都有著不同程度的繼承。漢末魏晉朝之際，有曹植這樣在戰爭、政治鬥爭以及個人生命中感到苦痛的人，也有蔡琰這樣在家國與個人命運悲劇中不得容身的女子，更有嵇康這樣處於政治壓抑中而不可解脫的人，他們用楚辭體作出的詩歌帶著時代氣息的感概。他們從形式到精神上的繼承，是楚騷復歸的正面詮釋。兩晉時期五言詩繼續繁盛，玄言詩為主導下的詩壇能有傅玄、夏侯湛這樣的楚辭體詩作家，可以說是較為突出的。傅玄以擬古的形式創作出大量的楚辭體詩，他多以樂府舊體作詩，將樂府與楚辭的特色結合；夏侯湛可以模擬，抒發個人不遇的悲涼。這兩位作家是兩晉時期較為突出的楚辭體創作文人。到了南朝，楚辭體詩的創作稀少，但江淹與傅玄類似，也是以擬古著稱，他的楚辭體詩數量較多，內容豐富，並以其獨特的佛教哲理主題將楚辭體詩的創作代入了新的領域。

魏晉南北朝楚辭體賦的創作是豐富的。漢末建安時期，王粲、曹植都是楚辭體賦創作的大家，他們以自身命運為出發，感懷家國天下，大多抒發了哀怨情懷。漢末社會的動盪是這個時代詩賦悲涼哀怨風格形成的土壤，個人政治理想得不到實現是內發的原因。這與屈原的個人遭遇和理想的訴求是一致的，所以建安文人對屈原有著更多的認同感，能體會屈原悲哀之外的深切意義，這也是建安文人大量模擬創作的情感來源。至於正始時期，壓抑的社會環境讓人無法透氣，此時的楚辭體賦創作不再敢於直抒胸臆，而是從詠物的比興總寄託自己的情志，在求女的過程中表達對理想的追慕。嵇康、阮籍的楚辭體賦代表了這一時期的創作。

兩晉和南北朝時期，楚辭體賦的創作轉向世俗的哀怨情感，傷痛亡人、哀感離情，在表達悲傷情緒的時候，楚辭體的抒情特色則更能滿足文人的需求。於是出現了潘岳大量的楚辭體悼亡賦以及左芬的離親賦。到了東晉陶淵明，他作為一位有著突出個性的文人，他的出仕之志得不到實現時，轉而投向田園的懷抱，縱情於山水。江淹作為擬古的高手，他也有大量的楚辭體賦作，其中主要集中在傷悼題材上，與潘岳的悼亡形成了互相輝映之勢。江淹以大量的擬作中，對屈原的蘇世獨立的情感已少了繼承，更多地為世俗情感地抒發，體現了楚辭體創作的平俗化。

兩晉南北朝時期，更有許多的文人以山水為關注對象，以自然為寄情載體進行大量的楚辭體賦創作。兩晉南北朝時期，一部分文人將情感放任於自然之間，不再是內斂地哀歌，而是向外看到豁達的天地自然。楚辭體賦哀怨情感的消散是社會變革帶來的選擇，也是人們思維方式的變化影響，儒、釋、道的融合使得人們有更多的思維模式可以借鑒，對天地人生的認識也不再侷限於一種，多元化的選擇也體現在賦的創作中。

拋開歷史發展的視角，以香草、美人以及騷怨精神的繼承來看楚辭體文學的發展，也是有脈絡可循。

首先，魏晉至南北朝的楚辭體文人在對香草意象的繼承中，逐漸擴大到樹木、浮萍類的植物，從特定的具有象徵意義的江蘺、芷、蘭、荞、椒、杜衡、菌、桂木、蕙、荃、留荑、揭車、菊、薜荔、芰荷、芙蓉等植物擴展到了奇珍異草、尋常樹木以及芳林鮮果、浮草微萍等。面對著植物的不同特性，文人所寄託的情感以及情志都產生了變化。但是託物言志的吟詠還是不離其宗的。

除了植物，對《楚辭》作品中動物的關注及發展也是這一時期楚辭體作品的明顯特徵。諸多昆蟲、禽鳥的出現，以及其他樂器、日用品都有寫入賦中，這是詠物題材的擴大，也是託物言志範圍的擴大，從寄託人格美醜的植物，到表象徵意義的動物，以及禽鳥、雜物等，都因詠物對象的不同特徵，被寄予了不一樣的情感。這是詠物意象的擴大化，沿襲兩漢而來。楚辭體文學中的詠物，既具有傳統楚辭中的詠物影子，又大多擺脫了詠物的範圍，具有了從魏晉到南北朝抒發情感上的不同。

對於美人意象在魏晉南北朝的楚辭體詩賦中，也是呈現了俗化的特徵。從美人到神女，有楚辭作家營造的神秘感與理想寄託，白描式的寫法留有無限的遐想空間。至魏晉時期，文人大多數繼承了神女的題材，如曹植《洛神賦》，阮籍《清思賦》都是模擬中的佳作。與此同時，對於社會女性的關注，又讓這一類作品表達了世俗化的情感，從建安開始，不僅寫神女，也有出婦、寡婦等角色進入文人視野，到了南北朝時期，女性的描寫更加世俗化，楚辭體作品中不斷出現了悲戚、痛苦的女性形象，這也是後代文人在注意擬騷題材選擇的同時，也更善於運用楚辭體的情感色彩來營造詩賦的特色。

在楚騷哀怨情感的繼承上，劉熙載《藝概》中說到：「《楚辭》風骨高，西漢賦氣息厚。建安乃欲由西漢而復於《楚辭》者。其至與未至，所不論焉。」〔註 1〕楚騷精神的復歸在建安時期開始，屈原的騷怨精神是憂廣深沉的愛國思想以及其強烈的自我人格意識，這種精神在魏晉南北朝這樣動盪不安，時時唱著生命悲歌的時代，被失意的文人們寄予了強烈的認同感。

騷怨精神首先體現在士不遇中，文人哀怨命運，悲傷不被賞識，這種情感從王粲《登樓賦》到曹植的擬騷諸篇，再到陶淵明的《感士不遇賦》，都因著時代和個人的特色而展現出不同的面貌，但橫貫其中的，仍舊是哀怨傷感的情感。楚辭體的創作也在悼亡題材中大量展現，這種能抒發強烈情感的文體用來表達失去家人、朋友等人的痛苦之情，是再適合不過的了。從對戰爭的哀傷，到親友失去的痛苦，這類楚辭體創作大量存在。同時，在寫離情別思的時候，楚辭體詩賦中體現的哀婉更是動人心魄。之於描景抒情中，楚辭體詩賦的創作綿延不絕。但雖然是用楚辭體來創作，其中的情感趨向不再是哀怨著的痛苦，更多的情感被注入其中，喜悅、歡樂、暢快淋漓的感覺，也是騷怨精神在寫景時的一種消淡。

魏晉南北朝楚辭學研究，在沒有楚辭專著的情況下，本書以屈原評價、《楚辭》評價以及楚辭體創作研究為主要對象。本書認為作出的

〔註 1〕（清）劉熙載著，王氣中箋注：《藝概箋注》，貴陽：貴州人民出版社，1986 年，第 273 頁。

貢獻和創新有以下幾點：

第一，附錄部分。首先，基於前人對郭璞《楚辭注》的研究基礎上，本書增補新的條目，並形成表格，呈現較為完整的參證版本的《楚辭注》，為以後的郭璞《楚辭注》提供了資料基礎。其次，對魏晉南北朝時期的屈原及《楚辭》的研究資料進行較細緻的收集，以求完備。

第二，在對楚辭體進行考察時，本書以為「三 X 二兮，三 X 二」以及「二兮二」「三兮二」「三兮三」的排列組合為兩種主要的句式，認為後代文人在模擬楚辭進行創作時，會主動選擇以「三 X 二兮，三 X 二」為楚辭體賦的句式形式，以「二兮二」「三兮二」「三兮三」為楚辭體詩的主要句式形式。

本書在博士論文上略作修改而成，由於學術功力淺薄及學養不及，存在諸多不足之處：

第一，結構不夠完善，從整體章的分配到節的設置，許多地方缺少必要的邏輯性，使得整本書結構沒有做到嚴謹。

第二，在考察郭璞《楚辭注》及魏晉南北朝楚辭專著時候，仍舊停留於表面的分析，沒能繼續深入探索，做的工作不夠。

第三，在魏晉南北朝《楚辭》評價方面，仍舊欠缺太多。魏晉南北朝時期文學評論繁盛，對《楚辭》的評論也很豐富，但本書並沒有以很好的邏輯結構展現出來，而是關注於幾個問題點，並沒有做到詳細細緻，這在未來的工作中仍需要修改和完善。

第四，在楚辭體文學作品的探索中，對於各個時代的作家作品沒有做到更精確的理解和評價，同時，缺少許多深入的探索，比如不同時代的思潮如何深入影響魏晉南北朝的楚辭體文學創作，像兩晉時期玄學思想的滲透就沒能做到完整地研究。

第五，寫作語言仍欠精確，在許多標題的選取使用上缺少精準度與概括性，沒能做到語言的凝練與準確，造成許多標題不能表達文章意思的現象。

楚辭學研究博大且艱深，攻讀博士學位期間不自量地選擇魏晉南北朝楚辭學作為博士論文研究內容，學力與學養所限，未達成理想狀態。畢業五年，雖未繼續從事理論研究工作，但常於中學語文教學閒暇中顧念。承蒙花木蘭文化事業有限公司不棄付梓出版，得以接受方家批評指正，不勝感激！

參考文獻

一、楚辭類

1. （漢）王逸:《楚辭章句》(四庫本)，上海：上海古籍出版社，1987年。
2. （宋）洪興祖撰，白化文等點校:《楚辭補注》，北京：中華書局，1983 年。
3. （宋）朱熹:《楚辭集注》，北京：中華書局，1983 年。
4. （明）汪瑗:《楚辭集解》，董洪利點校本，北京：古籍出版社，1994 年。
5. （明）黃文煥:《楚辭聽直》，杜松柏主編《楚辭彙編》，臺北：臺灣新文豐出版公司，1986 年。
6. （明）蔣之翹:《七十二家評楚辭》，見《楚辭八卷附覽二卷辯證二卷後言八卷》，明天啟六年（1626）忠雅堂刻本。
7. （清）王夫之:《楚辭通釋》，上海：上海人民出版社，1975 年。
8. （清）林雲銘:《楚辭燈》，康熙三十六年挹奎樓刊本。
9. （清）蔣驥:《山帶閣注楚辭》，北京：中華書局，1999 年。
10. （清）戴震著，褚斌杰、吳賢哲校點:《屈原賦注》，北京：中華書局，1999 年。

11. （清）陳本禮：《屈辭精義》，杜松柏《楚辭彙編》本。
12. （清）王闓運：《楚辭釋》，杜松柏《楚辭彙編》本。
13. （清）馬其昶：《屈賦微》，杜松柏《楚辭彙編》本。
14. 游國恩：《楚辭概論》，北京：北京大學印刷課，1926 年。
15. 呂思勉：《章句論》，上海：商務印書館發行，1927 年。
16. 游國恩：《讀騷論微初集》，上海：商務印書館，1937 年。
17. 郭沫若：《屈原研究》，重慶：重慶群益出版社，1944 年。
18. 何天行：《楚辭作於漢代考》，北京：中華書局，1948 年。
19. 饒宗頤：《楚辭書錄》，香港：香港蘇記書莊，1956 年。
20. 逯欽立：《屈原離騷簡論》，瀋陽：遼寧人民出版社，1957 年。
21. 姜亮夫：《屈原賦校注》，北京：人民文學出版社，1957 年。
22. 姜亮夫：《楚辭書目五種》，北京：中華書局，1961 年。
23. 劉永濟：《屈賦通箋》，北京：人民文學出版社，1961 年。
24. 游國恩：《離騷纂義》，北京：中華書局，1980 年。
25. 姜亮夫：《楚辭今譯講錄》，北京：北京出版社，1981 年。
26. 蔣天樞：《楚辭論文集》，陝西：陝西人民出版社，1982 年。
27. 洪湛侯：《楚辭要籍解題》，湖北：湖北人民出版社，1984 年。
28. 湯炳正：《屈賦新探》，濟南：齊魯出版社，1984 年。
29. 楊金鼎等：《楚辭評論資料選》，湖北：湖北人民出版社，1985 年。
30. 姜亮夫：《楚辭通故》，濟南：齊魯書社，1985 年。
31. 馬茂元主編：《楚辭研究論文集》，武漢：湖北人民出版社，1985 年。
32. 陶秋英：《漢賦研究》，杭州：浙江古籍出版社，1986 年。
33. 黄中模：《屈原問題論爭史稿》，北京：北京十月文藝出版社，1987 年。

34. 黄中模：《現代楚辭批評史》，武漢：湖北教育出版社，1990 年。
35. 殷光熹：《楚騷：華夏文明之光》，昆明：雲南大學出版社，1990 年。
36. 易重廉：《中國楚辭學史》，長沙：湖南出版社，1991 年。
37. 金開誠：《屈原辭研究》，南京：江蘇古籍出版社，1992 年。
38. 周建忠：《當代楚辭研究論綱》，湖北：湖北教育出版社，1992 年。
39. 姜亮夫：《楚辭書目五種》，上海：上海古籍出版社，1993 年。
40. 崔富章：《楚辭書目五種續編》，上海：上海古籍出版社，1993 年。
41. 周建忠：《楚辭論稿》，鄭州：中州古籍出版社，1994 年。
42. 李中華、朱炳祥：《楚辭學史》，武漢：武漢出版社，1996 年。
43. 趙奎夫：《屈原與他的時代》，北京：人民文學出版社，1996 年。
44. 黄鳳顯：《屈辭體研究》，湖南：湖南人民出版社，1997 年。
45. 馬茂元：《楚辭選》，北京：人民文學出版社，1998 年。
46. 潘嘯龍：《屈原與楚辭研究》，合肥：安徽大學出版社，1999 年。
47. 尚永亮：《莊騷傳播接受史》，北京：文化藝術出版社，2000 年。
48. 李誠、熊良智主編：《楚辭評論集覽》，武漢：湖北教育出版社，2002 年。
49. 褚斌杰：《楚辭要論》，北京：北京大學出版社，2003 年。
50. 周殿富：《楚辭源流選集》，長春：吉林人民出版社，2003 年。
51. 潘嘯龍：《楚辭著作提要》，武漢：湖北教育出版社，2003 年。
52. 李大明：《漢楚辭學史》，北京：中國社會科學出版社，2004 年。
53. 王德華：《屈騷精神及其文化背景研究》，北京：中華書局，2004 年。
54. 聶石樵注：《楚辭新注》，北京：商務印書館，2004 年。
55. 李金坤：《風騷比較新論》，江西：江西人民出版社，2005 年。

56. 李誠：《楚辭論稿》，北京：華齡出版社，2006 年。

57. 戴錫琦、鍾興永主編：《屈原學集成》，北京：中央編譯出版社，2007 年。

58. 白銘編著：《二十世紀楚辭研究文獻目錄》，北京：學苑出版社，2008 年。

59. 劉永濟校釋：《屈賦音注詳解；屈賦釋詞》，北京：中華書局，2010 年。

二、古籍類

1. （漢）司馬遷：《史記》，北京：中華書局，1975 年。

2. （漢）班固撰，（唐）顏師古注：《漢書》，北京：中華書局，1975 年。

3. （晉）陳壽，（宋）裴松之注：《三國志》，北京：中華書局，1959 年。

4. （南朝）劉義慶著、余嘉錫箋疏：《世說新語箋疏》，北京：中華書局，1983 年。

5. （南朝）范曄撰，（唐）李賢等注：《後漢書》，北京：中華書局，1965 年。

6. （南朝）沈約：《宋書》，北京：中華書局，1974 年。

7. （南朝）劉勰著、范文瀾注撰：《文心雕龍》，北京：人民文學出版社，1958 年。

8. （南朝）劉勰著、周振甫譯：《文心雕龍》，北京：中華書局，1986 年。

9. （南朝）鍾嶸著、曹旭集注：《詩品集注》，上海：上海古籍出版社，1994 年。

10. （南朝）蕭統編、（唐）李善注：《文選》，上海：上海古籍出版社，1986 年。

11. （梁）蕭繹撰：《金樓子》，北京：中華書局，1985年。
12. （南朝）蕭子顯：《南齊書》，北京：中華書局，1972年。
13. （北齊）顏之推撰、王利器集解：《顏氏家訓集解》，上海：上海古籍出版社，1980年。
14. （北齊）魏收撰：《魏書》，北京：中華書局，1974年。
15. （唐）李百藥撰：《北齊書》，北京：中華書局，1972年
16. （唐）魏徵等撰：《隋書》，北京：中華書局，1973年。
17. （唐）姚思廉：《梁書》，北京：中華書局，1973年。
18. （唐）房玄齡等撰：《晉書》，北京：中華書局，1974年。
19. （唐）李延壽：《南史》，北京：中華書局，1975年。
20. （唐）李延壽：《北史》，北京：中華書局，1975年。
21. （唐）歐陽詢撰、汪紹楹校：《藝文類聚》，上海：上海古籍出版社，1982年。
22. （宋）李昉等編：《太平御覽》，北京：中華書局，1963年。
23. （宋）朱熹：《朱子語類》，北京：中華書局，1994年。
24. （清）沈德潛：《古詩源》，北京：中華書局，1963年。
25. （清）劉熙載：《藝概》，上海：上海古籍出版社，1978年。
26. （清）嚴可均校輯：《全上古三代秦漢三國六朝文》，北京：中華書局，1958年。
27. （清）阮元校刻：《十三經注疏》，北京：中華書局，1980年。

三、詩賦專著類

1. 余冠英：《漢魏六朝詩選論叢》，上海：上海古典文學出版社，1956年。
2. 逯欽立：《先秦漢魏晉南北朝詩》，北京：中華書局，1979年。

3. 徐志嘯：《歷代賦論輯要》，上海：復旦大學出版社，1991 年。
4. 葉幼明：《辭賦通論》，長沙：湖南教育出版社，1991 年。
5. 吳小如等編著：《漢魏六朝詩鑒賞辭典》，上海：上海辭書出版社，1992 年。
6. 於浴賢：《六朝賦述論》，保定：河北大學出版社，1999 年。
7. 馬積高：《歷代辭賦研究史料概述》，北京：中華書局，2001 年。
8. 程章燦：《魏晉南北朝賦史》，南京：江蘇古籍出版社，2001 年。
9. 吳建民：《中國古代詩學原理》，北京：人民文學出版社，2001 年。
10. 郭建勳：《先唐辭賦研究》，北京：人民出版社，2004 年。
11. 韓高年：《詩賦文體源流新探》，成都：巴蜀書社，2004 年。
12. 萬光治：《漢賦通論》，北京：華齡出版社；中國社會科學出版社，2005 年。
13. 鍾仕倫：《南北朝詩話校釋》，北京：中華書局，2007 年。
14. 侯立兵：《漢魏六朝賦多維研究》，北京：人民出版社，2007 年。
15. 曹明綱：《賦學論稿》，上海：上海古籍出版社，2012 年。
16. 葛曉音：《先秦漢魏六朝詩歌體式研究》，北京：北京大學出版社，2012 年。
17. 冷衛國：《漢魏六朝賦學批評研究》，北京：商務印書館，2012 年。
18. 龔克昌等評注：《全三國賦評注》，濟南：齊魯書社，2013 年。
19. 程毅中：《中國詩體流變》，北京：中華書局，2013 年。

四、其他專著類

1. 鄭振鐸：《插圖本中國文學史》，北京：作家出版社，1957 年。
2. 劉師培：《中國中古文學史講義》，北京：人民文學出版社，1957 年。

3. 劉大杰：《中國文學發展史》，上海：古典文學出版社，1957 年。
4. 游國恩：《中國文學史》，北京：人民文學出版社，1963 年。
5. 劉大杰：《中國文學批評史》，北京：人民文學出版社，1964 年。
6. 郭紹虞：《中國歷代文論選》，上海：上海古籍出版社，1979 年。
7. 郭紹虞：《中國文學批評史》，上海：上海古籍出版社，1979 年。
8. 王仲犖：《魏晉南北朝史》，上海：上海人民出版社，1979 年。
9. 敏澤：《中國文學理論批評史》，北京：人民文學出版社，1981 年。
10. 羅根澤：《中國文學批評史》，上海：上海古籍出版社，1984 年。
11. 蔣凡、顧易生：《先秦兩漢文學批評史》，上海：上海古籍出版社，1990 年。
12. 褚斌杰：《中國古代文體概論》（增訂本），北京：北京大學出版社，1990 年。
13. 曹道衡、沈玉成：《南北朝文學史》，北京：人民出版社，1991 年。
14. 蔣凡、郁源：《中國古代文論教程》，北京：中國書籍出版社，1994 年。
15. 方銘：《戰國文學史》，武漢：武漢出版社，1996 年。
16. 穆克宏、郭丹編著：《魏晉南北朝文論全編》，南京：江蘇教育出版社，1996 年。
17. 羅宗強：《魏晉南北朝文學思想史》，北京：中華書局，1996 年。
18. 郭建勳：《漢魏六朝騷體文學研究》，湖南：湖南教育出版社，1997 年。
19. 張少康、劉蘭富：《中國文學理論批評發展史》，北京：北京大學出版社，1997 年。
20. 郭預衡：《中國古代文學史》，上海：上海古籍出版社，1998 年。
21. 曾慶元：《文藝學原理》，武漢：武漢大學出版社，1998 年。

22. 賴力行：《中國古代文論史》，長沙：嶽麓書社，2000 年。
23. 方銘：《期待與墜落：秦漢文人心態史》，石家莊：河北教育出版社，2001 年。
24. 郭丹：《先秦兩漢文論全編》，南京：江蘇教育出版社，2001 年。
25. 張伯偉：《中國古代文學批評方法研究》，北京：中華書局，2002 年。
26. 陳寅恪：《金明館叢稿初編》，北京：三聯書店，2003 年。
27. 黄金明：《漢魏晉南北朝誄碑文研究》，北京：人民文學出版社，2004 年。
28. 韋勒著、劉象愚等譯：《文學理論》，南京：江蘇教育出版社，2005 年。
29. 鄔國平：《中國古代接受文學與理論》，黑龍江：黑龍江人民出版社，2005 年。
30. 呂思勉：《兩晉南北朝史》，上海：上海古籍出版社，2005 年。
31. 殷孟倫：《漢魏六朝百三家集題辭注》，北京：中華書局，2007 年。
32. 聶石樵：《魏晉南北朝文學史》，北京：中華書局，2007 年。
33. 方銘：《戰國文學史論》，北京：商務印書館，2008 年。
34. 陳寅恪：《魏晉南北朝史講演錄》，貴陽：貴州人民出版社，2008 年。
35. 李澤厚：《新版中國古代思想史論》，天津：天津社會科學院出版社，2008 年。
36. 葛兆光：《中國思想史》，上海：復旦大學出版社，2009 年。
37. 〔日〕谷川道雄：《魏晉南北朝史學的基本問題》，北京：中華書局，2010 年。
38. 劉汝霖：《東晉南北朝學術編年》，上海：華東師範大學出版社，2010 年。

39. 周一良：《魏晉南北朝史劄記》，北京：人民文學出版社，2010 年。
40. 劉永濟：《十四朝文學要略》，北京：中華書局，2010 年。
41. 劉永濟：《文學論；默識錄》，北京：中華書局，2010 年。
42. 劉大杰：《魏晉思想論》，長沙：嶽麓書社，2010 年。
43. （美）薛愛華著；程章燦譯：《神女：唐代文學中的龍女與雨女》，北京：生活．讀書．新知三聯書店，2014 年。
44. 夏曾佑：《中國古代史》，北京：中華書局，2015 年。

五、期刊論文類

1. 尚永亮：《劉勰對屈原及其辭賦的態度》，《陝西師大學報》，1982 年第 4 期。
2. 姜葆夫：《也談劉勰對屈原作品浪漫主義特色的評價》，《濟寧師專學報》，1982 年第 1 期。
3. 毛慶：《從〈詩品〉看屈騷對魏晉南朝詩歌的影響》，《江漢論壇》，1983 年第 11 期。
4. 丁冰：《宋代楚辭學概觀》，《古籍整理研究學刊》，1985 年第 2 期。
5. 崔富章：《楚辭研究史略》，《語文導報》，1986 年第 10 期。
6. 殷光熹：《魏晉南北朝時期的楚辭評論》，《思想戰線》，1987 年第 4 期。
7. 侯慧章：《論劉勰對屈原騷體的評價》，《寧夏大學學報》（社會科學版），1987 年第 3 期。
8. 周建忠：《曹植對屈賦繼承與創新的動態過程》，《江西社會科學》，1989 年第 4 期。
9. 祝鳳梧：《阮籍〈詠懷詩〉和〈詩經〉〈楚辭〉的關係》，《湖北大學學報》，1989 年第 2 期。
10. 湯漳平：《楚辭研究二千年》，《許昌師專學報》，1989 年第 4 期。

11. 周建忠：《元代楚辭學論綱》，《南通師專學報》，1989 年第 2 期。
12. 楊美娟：《元代楚辭學研究》，臺北市師範學院 1989 年碩士論文。
13. 王開元：《劉勰論「楚辭」》，《新疆大學學報》（哲學社會科學版），1990 年第 3 期。
14. 李大明：《魏晉南北朝文人論屈原與楚辭》，《四川師範大學學報》，1990 年第 2 期。
15. 王亮：《楚辭與魏晉南北朝文學》，《陰山學刊》，1991 年第 2 期。
16. 張伯偉：《鍾嶸〈詩品〉「楚辭」系列通說》，《中國韻文學刊》，1994 年第 1 期。
17. 李大明：《漢楚辭學史》，成都：電子科技大學出版社，1994 年。
18. 郭建勳：《騷體的形成與稱謂辨析》，《湖南師範大學社會科學學報》，1995 年第 6 期。
19. 蔣方《名士與〈離騷〉——論兩晉士人的屈原解讀及其意義》，《北方論叢》，1995 年第 1 期。
20. 方銘：《論宋玉賦及其歷史地位》，《中國文學研究》，1996 年第 2 期。
21. 江林昌：《楚辭研究的回顧與展望》，《文史哲》，1996 年第 2 期。
22. 朴永煥：《宋代楚辭學研究》，北京大學 1996 年博士論文。
23. 郭建勳：《論阮籍、嵇康的騷體作品及其他》，《湖南師範大學社會科學學報》，1996 年第 5 期。
24. 郭建勳：《論建安騷體文學轉向個性化、抒情化的內因外緣》，《求索》，1996 年第 2 期。
25. 郭建勳：《論建安騷體文學的轉捩》，《北京師範大學學報》（社會科學版），1996 年第 3 期。廖棟樑：《古代楚辭學史論》，輔仁大學中文系 1997 年博士論文。
26. 林潤宣：《清代楚辭學史論》，北京大學 1997 年博士論文。

27. 方銘：《宋玉唐勒景差等「好辭而以賦見稱」辨》，《中華文化論叢》第一輯，北京：中國文學出版社，1998 年。

28. 方銘：《屈原的行為模式極其現實意義》，《原道》第四輯，上海：學林出版社，1998 年。

29. 楊德才：《劉勰和蕭統的楚辭觀》，《荊州師專學報》(社會科學版)，1998 年第 1 期。

30. 方銘：《屈原作品敘述方式芻議》，汕頭大學學報，1999 年第 1 期。

31. 徐在曰：《明代楚辭學史論》，北京大學 1999 年博士論文。

32. 喬根：《主體意識的迷失與覺醒——〈離騷〉與〈詠懷詩〉主旨比較》，《黃山高等專科學校學報》，2000 年第 3 期。

33. 郭建勳：《騷體賦的界定及其在賦體文學中的地位》，《求索》，2000 年第 5 期。

34. 傅剛：《從〈文選〉選賦看蕭統的賦文學觀》，《北京大學學報》，2000 年第 1 期。

35. 張利群：《「辨騷」與「辨乎騷」的批評學意義——從對屈原爭論的評價看劉勰的作者批評觀》，《山西師大學報》，2002 年第 4 期。

36. 蔣方、張忠志：《論楚辭文體在魏晉六朝的傳播與接受》，《湖南師範大學社會科學學報》，2002 年 7 月。

37. 郭建勳：《騷體文學：當代楚辭研究中的一個新領域》，《中國韻文學刊》，2003 年第 2 期。

38. 陳煒舜：《明代楚辭學研究》，香港中文大學 2003 年博士論文。

39. 孫建華：《詩論曹植對屈原的繼承和發展》，鄭州大學 2003 年碩士論文。

40. 田亮；《論〈楚辭〉對陶淵明創作的影響》，陝西師範大學 2003 年碩士論文。

41. 方銘：《賦的內涵和外延》，《光明日報》，2004 年 7 月 28 日。
42. 蔣駿：《宋代屈學研究》，揚州大學 2004 年碩士論文。
43. 方銘：《關於漢賦研究的幾個問題》，《北方論叢》，2005 年第 1 期。
44. 方銘：《賦者古詩之流：詩經傳統與漢賦的諷諫問題》，《漳州師範學院學報》（哲學社會科學版），2005 年第 2 期。
45. 王承斌：《鍾嶸與劉勰詩學觀之比較——以鍾嶸、劉勰的〈楚辭〉觀為中心》，揚州大學 2005 年碩士論文。
46. 郭建勳：《論魏晉南北朝對楚辭的接受》，《求索》，2006 年第 10 期。
47. 劉楊、洪娟：《詩論劉勰的楚辭觀》，《法制與經濟》，2006 年第 3 期。
48. 曹世文：《兩漢與魏晉南北朝對屈原評價的差異》，《重慶科技學院學報》（社會科學版），2006 年第 2 期。
49. 鄧晶豔：《楚辭對阮籍思想及其文學創作的影響》，湖南師範大學 2007 年碩士論文。
50. 樊露露：《論魏晉文人對楚辭的接受》，《廣東廣播電視大學學報》，2007 年第 1 期。
51. 楊力葉：《魏晉六朝人對楚辭的接受與創新》，廣西大學 2007 年碩士論文。
52. 蔡覺敏：《在學習中背離——淺論屈原其人其文在魏晉六朝的接受》，《淮南師範學院學報》，2007 年第 1 期。
53. 馮丹：《建安騷體文學研究》，河北大學碩士論文，2007 年。
54. 梁豔：《魏晉南北朝時期楚辭的接受》，東北師範大學 2007 年碩士論文。
55. 王興芬：《楚辭與魏晉南北朝志怪小說》，《遼東學院學報》（社會科學版），2008 年第 4 期。

56. 郭建勳、仲瑤：《漢魏六朝詩歌中的美人意象與政治託寓》，《湖南大學學報》（社會科學版），2008 年第 4 期。

57. 許雲平：《南朝騷體文學研究》，河北大學碩士論文，2008 年。

58. 劉帥麗：《兩漢魏晉文士的屈原批評及其生存之思》，漳州師範學院 2009 年碩士論文。

59. 王承斌：《「情兼雅苑」與鍾嶸〈楚辭〉觀》，《天中學刊》，2009 年第 6 期。

60. 李金榮：《論魏晉南北朝之屈賦批評》，《晉陽學刊》，2010 年第 2 期。

61. 躍進：《〈文選〉中的騷體》，《古典文學知識》，2010 年第 4 期。

62. 吳剛、趙福元：《論魏晉南北朝文學意識在楚辭學評論中的演遷》，《洛陽師範學院學報》，2010 年第 1 期。

63. 謝小英：《魏晉南北朝時期的楚辭研究》，西北師範大學 2010 年碩士論文。

64. 葛立麗：《兩漢〈楚辭〉研究》，山東大學 2010 年碩士論文。

65. 種光華：《魏晉文學楚辭接受研究》，河北大學 2010 年碩士論文。

66. 王雙：《生命的歡娛與悲憂——曹植騷體賦簡論》，《名作欣賞》，2010 年第 11 期。

67. 趙乖勳：《宋代楚辭學》，四川師範大學 2011 年博士論文。

68. 孫巧云：《元明清楚辭學研究》，蘇州大學 2011 年博士論文。

69. 袁林：《金玉的字句與淒怨的情感——淺論〈文心雕龍〉及〈詩品〉對〈楚辭〉語言及情感特色的述評》，《陝西教育・高教》，2011 年第 2 期。

70. 高林清：《兩漢魏晉南北朝楚辭批評研究》，福建師範大學 2012 年博士論文。

附錄一：郭璞《楚辭注》鉤輯

注：

1. 宋體字部分為胡小石《〈楚辭〉郭注義徵》鉤沉而出條目。（共246句）

   楷體字部分為本書作者鉤沉而出條目。（共29句）

2. 「郭璞注」條框內容與「參證典籍」條框中內容左右對應，以標號為準。

3. 腳注案語為胡小石所考證。

計74	《離騷》原句	郭璞注	參證典籍
1.	帝高陽之苗裔兮	言亦出自高陽氏也。	《山海經·大荒西經》有國名淑土，顓頊之子。
2.	皇覽揆余於初度兮	今人亦自呼為身。	《爾雅·釋詁》余，我也。
3.	攝提貞於孟陬兮	《離騷》云：「攝提貞於孟陬。」	《爾雅·釋天》正月為陬。
4.	皇覽揆余於初度兮	商度。	《爾雅·釋言》揆度也。
5.	扈江離與辟芷兮	1. 虈，白芷別名。芎藭，一名江離。虈，音鳥校反。	1. 《山海經·西山經》號山其草多虈虋芎。
		2. 今歷陽呼為江離。	2. 《史記·司馬相如傳·子虛賦》（《索隱》引注）芎藭。
		3. 江蘺，似水薺。	3. 《文選·子虛賦》江離蘼蕪。
6.	紉秋蘭以為佩	今亦以線貫針為紉。	《方言》楚謂擘為紉。紉郭璞曰。

7.	朝搴阰之木蘭兮	1. 音蹇。又音騫。 2. 木蘭皮辛可食。	1.《方言》攓取也，南楚曰攓。 2.《文選·子虛賦》桂椒木蘭。
8.	夕攬洲之宿莽		1.《爾雅·釋水》水中可居者曰洲。
		2. 宿莽也。《離騷》云。	2.《爾雅·釋草》卷施草拔心不死。
		3.《爾雅圖贊》(《藝文類聚》八十一引)卷施草拔心不死。屈平嘉之，諷詠以比。取類雖邇，興有遠旨。	
9.	乘騏驥以馳騁兮	世所謂騏驥。	《穆天子傳》赤驥。
10.	雜申椒與菌桂兮	1. 椒為樹，小而叢生，下有草木則蠚死。	1.《山海經·中山經》琴鼓之山，其木多榖柞椒柘。
		2.《爾雅圖贊》(《藝文類聚》八十九引)椒之灌植，實繁有倫。薰林列薄，馞其芬辛。服之不已，洞見通神。	
		3. 菌，亦筱類，中箭，見《禹貢》。	3.《山海經·中山經》暴其木多甘菌。
		4. 桂，葉似枇杷，長二尺餘，廣數寸，味辛，白花，叢生山峰，冬夏長青，間無雜木。	4.《山海經·南山經》鵲山多山桂。
		5.《爾雅圖贊》(《藝文類聚》八十九引)桂生南裔，拔萃岑嶺。廣莫熙葩，凌霜津穎。氣王百藥，森然雲挺。	
11.	豈維紉夫蕙茝	1. 蕙，香草，蘭也。	1.《文選·上林賦》揜以綠蕙。
		2. 香草，葉小如萎狀。	2.《爾雅·釋草》蘄茝蘼蕪。
			3.《淮南子》似蛇狀。
			4.《山海經》臭如蘼蕪。

		5. 香草，蘭之類。音昌代反。	5.《山海經·北山經》錞于毋逢之山，其祠皆用一藻茝瘞之。
		6. 蕙，香草，蘭屬也。或以蕙為薰葉，失之。	6.《山海經·西山經》嶓冢之山有草焉，其葉如蕙。
12.	畦留夷與揭車兮	1. 留夷，新荑也。	1.《文選·上林賦》雜以留荑。
		2. 芍藥，一名辛夷，亦香草屬。	2.《山海經·北山經》繡山其草多芍藥。
		3. 藒車，香草，見《離騷》。	3.《爾雅·釋草》藒車芞輿。
		4. 揭車，一名乞輿。	4.《史記·司馬相如傳·上林賦》(《集解》引) 揭車。
13.	雜杜衡與芳芷	1. 杜衡也，似葵而香。	1.《爾雅·釋草》杜土鹵。
		2. 香草也。	2. 山有草焉，其狀如葵，其臭如蘼蕪，名曰杜衡。
		3. 帶之令人便馬。或曰馬得之而健走。	3.《山海經·西山經》可以走馬。
		4.《山海經圖贊》(名道藏本) 狌狌奔人，杜衡走馬。	
14.	夕餐秋菊之落英	1. 今之秋華菊。	1.《爾雅·釋草》蘜治蘠。
			2.《爾雅·釋草》榮而不實者謂之英。
		3.《爾雅圖贊》(《藝文類聚》八十一引) 菊名曰精，布華玄目。仙客薄採，何是華髮。	
15.	貫薜荔之落蕊	萆荔，香草，蔽戾兩音。	《山海經·西山經》小華之山，其草有萆荔，狀如烏韭，而生於石上，亦無木而生。
16.	謇朝誶而夕替	相問訊。替，廢也。	《爾雅·釋詁》誶，告也。《爾雅·釋言》訊，言也。

17.	謠諑謂余以善淫	諑譖亦通語也。	《方言》諑愬也，楚以南謂之諑。
18.	忳鬱邑余侘傺兮	逗，即今住字。	《方言》傺，逗也，南楚謂之傺。
19.	弛椒丘且焉止息	椒丘，丘名。	《史記·司馬相如傳·上林賦》(《集解》引）出乎椒丘之闕。
20.	製芰荷以為衣兮，集芙蓉以為裳。	1. 別名芙蓉，江東呼荷。	1.《爾雅·釋草》荷芙蕖。
		2. 《爾雅圖贊》(《藝文類聚》八十二引）芙蓉麗草，一曰澤芝。泛葉雲布，映波霞熙。	
		3. 衣，褌也。	3.《爾雅·釋水》以衣涉水為厲。
21.	高余冠之岌岌兮	岌，謂高過。	《爾雅·釋山》小山岌大山峘。
22.	將往觀乎四方	觚竹在北，北戶在南，西王母在西，日下在東，皆四方荒之國，次四極者。	《爾雅·釋地》觚竹、北戶、西王母、日下謂之四荒。
23.	芳菲菲其彌章	香氣越散也。	《文選·上林賦》鬱鬱菲菲，眾香發越。
24.	女嬃之嬋媛兮	亶，音蟬。	《山海經·南山經》又東四百里曰亶爰之山。
25.	依前聖以節中兮，喟憑心而歷茲	憑，恚盛貌。	《方言》憑，怒也。楚曰憑。
26.	曰婞直以身亡兮，終然殀乎羽之野。	1. 今東海祝其縣西南有羽山，即鯀所殛處。計此道里不相應，似非也。	1.《山海經·南山經》又東三百五十里曰羽山。
		2. 即禹父也。	2.《山海經·海內經》白馬是為鯀。
		3. 羽山之郊。	3.《世本》黃帝生顓頊，顓頊生鯀。／帝令祝融殺鯀於羽郊。

27.	薋菉葹以盈室兮	1. 布地蔓生，細葉，子有三角，刺人。見《詩》。	1.《爾雅·釋草》茨蒺藜。
		2. 菉，蓐也，今呼鴨腳沙。	2.《爾雅·釋草》菉王芻。
		3. 《廣雅》云：「枲耳也。亦云胡枲，江東呼為常枲，或曰苓耳。形似鼠耳，叢生如盤。」案葹即枲耳。	3. 《爾雅·釋草》菤耳苓耳。
28.	濟沅湘以南征兮	1. 《水經》曰：「沅水出牂牁且蘭縣，又東北至鐔城縣為沅水，又東過臨沅縣南，又東至長沙下雋縣。」	1. 《山海經·海內東經》沅水。
		2. 今湘水出零陵營道縣陽湖山，入江。	2. 《山海經·海內東經》湘山出舜葬東南陬西環之。
29.	啟九辨與九歌兮，夏康娛以自縱。	皆天帝樂名也。開登天而竊以下用之也。開筮曰：「昔彼《九冥》，是與帝《辯》同宮之序，是為《九歌》。」又曰：「不得竊《辯》與《九歌》以國於下。」義具見於《歸藏》。	《山海經·大荒西經》開上三嬪於天，得《九辯》與《九歌》以下。
30.	又好射夫封狐	1. 封豕，大豬也。	1. 《文選·上林賦》射封豕。
		2. 《山海經圖贊》（《藝文類聚》九十五）有物貪婪，號曰封豕。薦食無饜，肆其殘毀。羿乃飲羽，獻帝效技。	
31.	固亂流其鮮終兮	直橫渡也。《書》曰：「亂於河。」	《爾雅·釋水》正絕流曰亂。
32.	跪敷衽以陳辭兮	敷，猶鋪也。	《穆天子傳》曾祝敷筵席設幾。
33.	駟玉虬以乘鷖兮	虬，龍屬也。	《史記·司馬相如傳·上林賦》（《集解》引）六玉虬。

34.	朝發軔於蒼梧兮	1. 即九嶷山也。《禮記》亦曰舜葬蒼梧之野也。	1. 《山海經．海內南經》蒼梧之山帝舜葬於南。
		2. 山今在零陵營道縣南，其山九溪皆相似，故云九疑，古者總名其地為蒼梧也。	2. 《山海經．大荒西經》九嶷山。
35.	夕余至乎縣圃	1.《淮南子》曰：「崑崙去地一萬一千里，上有曾城之重，或上倍之，是謂閬風。或上倍之，是謂玄圃。以次相及。」	1.《穆天子傳》先王所謂縣圃。
			2.《山海經》明明、崑崙、玄圃各一山，但相近耳。／實惟帝之平圃也。
		3. 即玄圃也。	3. 《山海經．西山經》槐江之山實惟帝之平圃也。
			4.《穆天子傳》乃為銘跡於玄圃之上，謂刊石紀功德，如秦皇、漢武之為者也。
36.	吾令羲和弭節兮	1. 羲和，蓋天地始生主日月者。故啟筮曰：「空桑之蒼蒼，八極之既張，乃有夫羲和，是主日月，職出入以為晦明。瞻彼上天，一明一晦，有夫羲和之子，出於湯谷。」故堯因此而立羲和之宮，以主四時，其後世遂為此國作日月之像而掌之，沐浴運轉之於甘水中，以儆其出入湯谷虞淵也。所謂世不失職耳。	1. 《山海經．大荒南經》有羲和之國，有女子名曰羲和，方浴日於甘淵。
		2. 言生十子，各以其日名名之，故言生十，日數十也。	2. 《山海經．大荒南經》羲和者，帝俊之妻生十日。
		3. 弭，猶低也。節，所仗信節也。	3.《文選．子虛賦》於是楚王乃弭節徘徊。

37.	望崦嵫而勿迫	1. 日沒所入也。	1.《山海經·西山經》西南三百里曰崦嵫之山。
		2. 止日之行，勿近昧谷也。	2. 敦煌本《楚辭音》「茲」下郭璞注。
38.	飲余馬於咸池兮	沐浴運轉於甘淵之中。〔註1〕	《山海經·西山經》有女子名羲和，方浴日於甘淵。
39.	總余轡乎扶桑	1. 扶桑，木也。	1.《山海經·海外東經》湯谷上有扶桑。
		2. 扶木，扶桑也。天有十日，迭出運照。	2. 王逸《〈楚辭〉補注》《山海經》引黑齒之北，曰湯谷，有扶木，九日居下枝，一日居上枝，皆載烏。
40.	折若木以拂日兮	1. 樹赤華青。	1.《山海經·海內經》有木名日若木。
		2.《山海經圖贊》(《藝文類聚》八十九引）若木之生，崑山之濱。朱華電照，碧葉玉津。食之靈智，為力為仁。	
41.	聊逍遙以相羊	1. 襄羊，猶徬徨。	1.《史記·司馬相如傳·上林賦》(《索引》引）招搖乎襄羊。
		2. 襄羊，猶仿佯。	2.《文選》消搖乎襄羊。
42.	後飛廉使奔屬	飛廉，龍雀也，鳥身鹿頭。	《文選·上林賦》椎飛廉。
43.	鸞皇為余先戒兮	舊說，鸞似雞，瑞鳥也。周成王時西戎獻之。	《山海經·西山經》女床之山有鳥焉，其狀如翟，而五采文。名鸞鳥，見則天下安寧。
44.	雷師告余以未具	隆上字疑作豐，豐隆筮御云：得大壯卦，遂為雷師云云。	《穆天子傳》而封口隆之葬。

〔註1〕王逸注：咸池，日浴處也。甘咸聲同。

45.	吾令鳳鳥飛騰兮	1. 瑞應鳥，雞頭，蛇頸，燕頷，龜背，魚尾。五采色，其高六尺許。	1.《爾雅·釋鳥》鶠鳳其雌皇。
		2. 漢時鳳皇數出，高五六尺。五采。莊周說鳳，文字與此有異。	2.《山海經·南山經》東五百里日丹穴之山，有鳥焉，其狀如雞，五采而文，名日鳳皇。
			3.《廣雅》鳳，雞頭，燕頷，蛇頸，龜背，魚尾，雌日凰，雄日鳳。
46.	飄風屯其相離兮	1. 旋風也。	1.《爾雅·釋天》回風為飄。
		2. 颮，急風貌。音戾。或日飄風也。	2.《北山經》錞于毋逢之山其風如颮。
47.	帥雲霓而來御	蜺，雌虹也。見《離騷》。	《爾雅·釋天》蜺為挈貳。
48.	吾令帝閽開關兮	《書》曰：「闢四門。」	《釋言》開，闢也。
49.	相下女之可詒	相歸遺。	《釋言》貽，遺也。
50.	吾令豐隆乘雲兮	隆上疑作豐，豐隆筮御云：「得大壯卦，遂為雷師。」亦猶黃帝橋山有墓。封增高其上土也。以禮顯之耳。	《穆天子傳》而封□隆之葬。
51.	求宓妃之所在	江湘之有夫人。猶河洛之有虙〔註 2〕妃也。	《山海經·中山經》洞庭之山，帝之二女居之。
52.	夕歸次於窮石兮	《淮南子》云：「弱水出窮石」，窮石，今之西郡那冉，蓋其派別之源耳。	《山海經·海內西經》弱水。
53.	覽相觀於四極兮	皆四方極遠之國。	《爾雅·釋地》東至於泰遠，西至於邠國，南至於濮鉛，北至於祝栗，謂之四極。
54.	望瑤臺之偃蹇兮	此蓋天子巡狩所經過，夷狄慕聖人恩德，輒共為築立臺觀，以標題其遺跡也。	《山海經·海內北經》帝譽臺。

〔註 2〕宓，一作虙。

55.	吾令鴆為媒兮，鴆告余以不好	1. 《山海經圖贊》蝮惟毒魁，鴆鳥是啖，拂翼鳴林，草瘁木慘，羽行隱戳，厥罰難犯。	
		2. 凶人見欺也。	2. 敦煌本《楚辭音》「鴆」字下。
56.	恐高辛之先我	嚳，堯父，號高辛。	《山海經·海外南經》長臂國，帝嚳葬於陰。
57.	閨中既以邃遠兮	大小異名。	《爾雅·釋宮》宮中之門謂之闈，其小者謂之閨，小閨謂之閤。
58.	戶服艾以盈要兮	今艾蒿。	《爾雅·釋草》艾，冰臺。
59.	豈珵美之能當	程，取同音。	敦煌本《楚辭音》豈珵美之能當。
60.	巫咸將夕降兮	1. 採藥往來。	1. 《山海經·海外西經》巫咸國在女丑北，右手操青蛇，左手操赤蛇，在登葆山，群巫所上下也。
		2. 群巫上下此山採之也。	2. 《大荒西經》大荒之中，有山名日豐沮玉門，日月所入，有靈山、巫咸、巫即、巫朌、巫彭、巫姑、巫真、巫禮、巫抵、巫謝、巫羅十巫從此升降。／百藥爰在。
		3. 《山海經圖贊》群有十巫，巫咸所統。經技是搜，技藝是綜，採藥靈山，隨時登降。	
		4. 引巫咸《山賦序》(《藝文類聚》七）蓋巫咸巫者，實以鴻術，為帝堯醫。〔註 3〕	
61.	懷椒糈而要之	糈，祀神之米名，光呂反。今江東音所。一音壻。稌稻也，他睹反。糈或作疏，非也。	《山海經·南山經》鵲山糈用稌米。

〔註 3〕《日知錄》廿五巫咸條即據此為說。

62.	九疑繽其並迎	1. 即九嶷山也。《禮記》亦曰：「舜葬蒼梧之野也。」	1. 《山海經・海內南經》蒼梧之山帝舜葬於南。
		2. 山在今零陵營道縣。	2. 《山海經・海內經》九嶷山。
63.	恐鵜鴂之先鳴兮	姦佞先己也。	敦煌本《楚辭音》「鴂」字下。
64.	眾薆然而蔽之	謂隱蔽。	《爾雅・釋言》薆，隱也。
65.	椴又欲充夫佩幃	椴，似茱萸而小，赤色。	《爾雅・釋木》椒椴醜荥。
66.	精瓊靡以為粻	今江東通言粻。	《爾雅・釋言》粻，糧也。
67.	邅吾道夫崑崙兮	1. 天帝都邑之在下者也。	1. 《山海經・西山經》西南四百里曰崑崙之丘，是惟帝之下都。
			2. 《穆天子傳》曰：「吉日辛酉，天子陞於崑崙之丘，以觀黃帝之宮，而封豐隆之葬，以詔後世。」〔註 4〕又「帝之平圃下」云「南望崑崙。其光熊熊。其氣兗兗。」
		3. 皆謂其墟基廣輪之高碑耳。自此以上二千五百餘里，上有醴泉華池，去嵩高五百里，蓋天地之中焉，見《禹本紀》。	3. 《山海經・海內西經》海內崑崙之墟在西北，帝之下都，崑崙之墟，方八百里，高萬仞。
		此自別有小崑崙也。	《楚辭補注》引郭璞言。
68.	鳴玉鸞之啾啾	1. 鸞。鈴也。	1. 《文選・上林賦》鳴玉鸞。
		2. 在軌曰鸞，在軾曰和。	2. 《漢書》（注引）
		3. 啾啾，眾聲也。	3. 《羽獵賦》（引郭璞《三蒼解詁》）啾啾蹌蹌。
69.	鳳凰翼其承旂兮	縣鈴於竿頭，畫交龍於旂。	《爾雅・釋天》有鈴曰旂。

〔註 4〕按言增封於崑崙山之上。

70.	忽吾行此流沙兮	1. 今西海居延澤。《尚書》所謂流沙者，形如月生五日也。	1. 《山海經．西山經》西水行四百里曰流沙。《山海經．海內西經》流沙出鍾山，西行，又南行崑崙之墟西南，入海黑水之山。
		2. 《山海經圖贊》天限內外，分以流沙。經帶西極，頹唐委蛇。注於黑水，永溺餘波。	
71.	遵赤水而容與	1. 崑崙有五色水，赤水出東南隅。	1. 《穆天子傳》赤水之陽。
		2. 氾水，亦山名。赤水所窮也。《穆天子傳》曰：「遂宿於崑崙之側，赤水之陽。」陽，水北也。氾，浮劍反。	2. 《山海經．西山經》赤水出焉而東南流，注於氾天之水。
		3. 赤水出崑崙，流沙出鍾山也。	3. 《山海經．大荒南經》。
		4. 言自得。	4. 《史記．司馬相如傳．子虛賦》(《索隱》引)翱翔容與。
72.	麾蛟龍使梁津兮	1. 蛟，似蛇，四足，龍屬。	1. 《山海經．南山經》禱過之山其中有虎蛟。
		2. 似蛇而四腳，小頭細頸，頸有白癭。大者數十圍，卵如一二石甕，能吞人。	2. 《山海經．中山經》翼望之山，其中多蛟。
73.	路不周以左轉兮	1. 此山形有缺不周匝處，因名云。西北不周風自此出。	1. 《山海經．西山經》又西北三百七十里曰不周之山。
		2. 《淮南子》曰：「昔者共工與顓頊爭帝，怒而觸不周之山，天維絕，地柱折，故今此山缺壞不周匝也。	2. 《山海經．大荒西經》西北海之外，大荒之隅，有山而不合，名曰不周負子。
74.	亂曰	予有亂臣十人。	《爾雅．釋詁》亂，治也。

計45	《九歌》原句	郭璞注	參證典籍
1.	《東皇太一》吉日兮辰良，穆將愉兮上皇	良，言最善也。	《山海經・西山經》瑾瑜之玉為良。
2.	《東皇太一》璆鏘鳴兮琳琅	1. 璆琳，美玉也。	1. 《爾雅・釋器》璆，玉也。
		2. 璆琳，美玉名。琅開，狀似珠也。	2. 《爾雅・釋地》西北之美者有崑崙虛之璆琳琅玕焉。
		3. 琳，玉名。	3. 《山海經》崑崙山有琅玕樹。
3.	《東皇太一》陳竽瑟兮浩倡	疑竽上宜作笙，笙亦竽屬。	《穆天子傳》樂人□陳琴瑟□竽。
4.	《東皇太一》靈偃蹇兮姣服	姣，好也。	《史記・司馬相如傳・上林賦》（《索隱》引）姣冶嫻都。
5.	《雲中君》靈連蜷兮既留	連娟，言曲細也。	《文選・上林賦》長眉連娟。
6.	《雲中君》蹇將怛兮壽宮	云養神氣也。	《文選・子虛賦》怛乎自持。
7.	《雲中君》覽冀州兮有餘	自東河至西河。	《爾雅・釋地》兩河間曰冀州。
8.	《湘君》	1. 天帝之二女，而處江為神。即《列仙傳》江妃二女也。《離騷》《九歌》所謂湘夫人稱帝子者是也。而《河圖玉版》曰：「湘夫人者，帝堯女也。秦始皇浮江至湘山，逢大風，而問博士：「湘君何神？」博士曰：「聞之，堯二女，舜妃也，死而葬此。」《列女傳》曰：「二女死於湘江之間，俗謂為湘君。」鄭司農亦以舜妃為湘君。說者皆以為舜陟方而死，二妃從之，俱溺死於湘江，遂號為湘夫人。〔註5〕	1. 《山海經・中山經》洞庭之山帝之二女居之。

〔註 5〕胡小石案語：《九歌》，湘君，湘夫人，自是二神。江湘之有夫人，猶

		2. 《山海經圖贊》神之二女，爰宅洞庭，遊化五江，惚恍窈冥，號曰夫人，是惟湘靈。	
9.	《湘君》 駕飛龍兮北征	沼，池。龍下有舟字，舟皆以龍鳥為形制。今吳之青雀舫，其遺像也。	《穆天子傳》癸亥，天子乘鳥舟龍浮於大沼。
10.	《湘君》 邅吾道兮洞庭	1. 今長沙巴陵縣西，又有洞庭陂，潛伏通江。《離騷》曰:「邅吾道兮洞庭」「洞庭波兮木葉下」，皆謂此也。字或作銅，宜從水。	1. 《山海經・中山經》洞庭之山。
		2. 洞庭，地穴也。在長沙巴陵，今吳縣南大湖中有包山。下有洞庭。穴道潛行水底，云無所不通，號為地脈。	2. 《山海經・海內東經》湘水入洞庭下。
11.	《湘君》 蓀橈兮蘭旌	載旄竿首，如今之幢，亦有旒。	《爾雅・釋天》旄首日旌。
12.	《湘君》 隱思君兮陫側	《禮記》曰:「厞用席。」《書》曰:「揚側陋。」〔註6〕	《爾雅・釋言》厞，陋隱也。
13.	《湘君》 桂棹兮蘭枻	枻，船舷。	《文選・子虛賦》揚旌枻。
14.	《湘君》 水周兮堂下	周，猶繞也。《離騷》曰：「水周於堂下」是也。	《山海經・海外西經》女子國在巫咸北，兩女子居，水周之。

河洛之有虙妃也。此之為靈，與天地並矣，安得謂之堯女？且既謂之堯女，安得復總云湘君哉？何以考之？《禮記》曰:「舜葬蒼梧。二妃不從。」明二妃生不從征，死不從葬，義可知矣。即令從之，二女靈達，鑒通無方，尚能以鳥工龍裳救井廩之難，豈當不能自免於風波，而有雙淪之患乎？假復如此，傳曰:「生為上公，死為貴神。」禮五嶽比三公，四瀆比諸侯。今湘川不及四瀆，無秩於命祀，而二女帝者之後，配靈神祇，無緣當復下降小水，而為夫人也。參互其義，義既混錯。錯綜其理，理無可據。斯不然矣。原其致謬之由，由乎俱以帝女為名，名實相亂莫矯其失。習非勝是，終古不悟，可悲矣。

〔註 6〕原本《玉篇》廣部引此正作厞側。

15.	《湘君》 遺餘佩兮醴浦	江湘沅水，皆共會巴陵頭，故號為三江之口，澧又去之七八十里而入江焉。	《山海經·中山經》澧沅之風交瀟湘之淵。
16.	《湘夫人》 帝子降兮北渚	1. 天帝之二女而處江為神。	1.《山海經·中山經》洞庭之山帝之二女居之。
		2. 水中小洲名渚。	2.《山海經·中山經》青要之山南望墠渚。
17.	《湘夫人》 白薠兮騁望	薠，青薠，似莎而大，卯煩二音。	《山海經·西山經》陰山其草多茆蕃。
18.	《湘夫人》 荒忽兮遠望	言眼亂也。《漢書》作怳忽。	《文選·上林賦》芒芒怳忽。
19.	《湘夫人》 蓀壁兮紫壇	今之紫貝，以紫為質，黑為文點。	《楚辭補注》引郭璞言。
20.	《湘夫人》 桂棟兮蘭橑	屋穩。	《爾雅·釋宮》棟謂之桴。
21.	《湘夫人》 辛夷楣兮藥房	1. 芍藥，一名辛夷。亦香草屬。〔註7〕	1.《山海經·北山經》繡山其草多芍藥芎藭。
		2. 藥，白芷別名。藥，音烏較反。	2.《山海經·西山經》號山其草多藥虈芎藭。
22.	《湘夫人》 遺餘褋兮醴浦	《楚辭》曰：「遺餘褋兮澧浦。」音簡牒。	《方言》襌衣，江淮南楚之間謂之褋。
23.	《大司命》 使涷雨兮灑塵	今江東呼夏月暴雨為涷雨。《離騷》云：「令飄風兮先驅。使涷雨兮灑塵」是也。涷音東西之東。	《爾雅·釋天》暴雨謂之涷。
24.	《大司命》 踰空桑兮從女	此山出琴瑟材，見《周禮》也。	《山海經·東山經》東次二經之首日空桑之山。
25.	《大司命》 折疏麻兮瑤華	1. 別二名。	《爾雅·釋草》枲麻。
		2.《爾雅圖贊》(《藝文類聚》八十五引）草皮之良，莫貴如麻。	

〔註7〕郭璞說辛夷為草，與王逸同。

26.	《少司命》 秋蘭兮麋蕪	香草，葉小如菱狀。	《爾雅·釋草》蘄茝，蘪蕪。
27.	《少司命》 蓀何以兮愁苦	蓀，香草也。	《史記·司馬相如傳·上林賦》(《集解》引）葴橙若蓀。
28.	《少司命》 孔蓋兮翠旍	孔，孔雀。	《史記·司馬相如傳·子虛賦》(《集解》引）鵷雛孔鸞。
29.	《少司命》 登九天兮撫彗星	亦謂之孛，言其形孛孛似掃彗。	《爾雅·釋天》彗星為欃槍。
30.	《東君》 簫鍾兮瑤簴	縣鍾磬之木，植者名簴。	《爾雅·釋器》木謂之簴。
31.	《東君》 簫鍾兮瑤箎	箎以竹為之，長尺四寸，圍三寸，一孔上出，一寸三分，名翹。橫吹之小者尺二寸。	《爾雅·釋樂》大箎謂之沂。
32.	《東君》 翾飛兮翠曾	翠，似燕，紺色，生鬱林。	《爾雅·釋鳥》翠，鷸。
33.	《東君》 應律兮合節		《爾雅·釋樂》和樂謂之節。
34.	《河伯》	1. 無夷，馮夷也。	1.《穆天子傳》河伯無夷之所居。
		2. 冰夷。馮夷也。《淮南子》云：「馮夷得道，以潛大川，即河伯也。」《穆天子傳》所謂河伯無夷者，《竹書》作馮夷。字或作冰也。	2.《山海經·海內北經》從極之淵，深三百仞。維冰夷恒都焉。
		3.《山海經圖贊》(《藝文類聚》七十八引）稟華之精，食惟八石。乘龍隱淪，往來海若，是實水仙，號曰河伯。	
35.	《河伯》 與女遊兮九河	皆禹所名也。	《爾雅·釋水》九河徒駭太史。

36.	《河伯》 乘水車兮荷蓋， 駕兩龍兮驂螭	畫四面各乘靈車，駕二龍。	《山海經·海內北經》冰夷人面乘兩龍。
37.	《河伯》 登崑崙兮四望	1. 《山海經》曰：「河出崑崙西北。	1. 《爾雅·釋水》河出崑崙虛。
		2. 即河水出崑崙之墟。	2. 《山海經·北山經》敦薨之山，敦薨之水出焉。而西流注於泑澤，出於崑崙之東北隅，實惟河源。
38.	《河伯》 紫貝闕兮朱宮	1. 紫貝，紫質黑文也。	1. 《文選·子虛賦》鉤紫貝。
		2. 宮門雙闕。	2. 《爾雅·釋宮》觀謂之闕。
39.	《河伯》 乘白黿兮逐文魚	有斑。	《山海經·中山經》景山睢水出焉，其中多文魚。
40.	《河伯》 魚隣隣兮媵予	《左傳》曰：「以媵秦穆姬。」	《爾雅·釋言》將，送也。
41.	《山鬼》 被薜荔兮帶女蘿	1. 別四名。詩云：「爰采唐矣。」	1. 《爾雅·釋草》唐蒙、女蘿、菟絲。
		2. 蒙即唐也，女蘿別名。	2. 《爾雅·釋草》蒙玉女。
42.	《山鬼》 既含睇兮又宜笑	音悌。	《方言》睇，眄也。南楚之外曰睇。
43.	《山鬼》 子慕予兮善窈窕	窈，幽靜。窕，閑都也。	《方言》美狀為窕，美心為窈。
44.	《山鬼》 采三秀兮於山間	客傲，三秀雖豔，靡於麗采。	《晉書》本傳引。
45.	《山鬼》 雷填填兮雨冥冥	闐闐，群行聲。	《爾雅·釋天》振旅闐闐。

計27	《天問》原句	郭璞注	參證典籍
1.	《天問》 不任汩鴻， 師何以尚之？	謂人眾。	《爾雅·釋詁》：師，眾也。
2.	《天問》 僉荅「何憂」		《爾雅·釋詁》僉，皆也。
3.	《天問》 伯禹愎鮌， 夫何以變化？ 纂就前緒。 遂成考功。	1. 鮌績用不成，故覆命禹終其功。	1.《山海經·海內經》鮌復生禹。
		2. 考，死生之通稱。	2.《爾雅·釋親》父為考。
4.	《天問》 河海應龍	應龍，龍有翼者也。	《山海經·大荒東經》應龍處南極。
5.	《天問》 康回馮怒	馮，恚盛貌。《楚辭》曰：「康回馮怒。」	《方言》馮、齘、苛、怒也。楚曰馮。
6.	《天問》 日安不到， 燭龍何照	1.《離騷》曰：「日安不到。燭龍何耀。」《詩含神霧》曰：「天不足西北，無有陰陽消息，故有龍銜精，以往照天門中云。」	1.《山海經·大荒北經》章尾山有神，人面蛇身而赤，直目正乘，其瞑乃晦，其視乃明，……是燭九陰，是謂燭龍。
		2. 燭龍也，是燭九陰，因名云。	2.《山海經·海外北經》鍾山之神名日燭陰。
		3.《山海經圖贊》(《藝文類聚》九十六引）天缺西北，龍銜火精。氣為寒暑，眼作昏明。身長千里，可謂至靈。	
7.	《天問》 羲和之未揚， 若華何光	言有光焰也。若木華赤，其光照地，亦此類也。	《山海經·南山經》鵲山有木焉，其狀如穀而黑理，其花四照。
8.	《天問》 焉有石林， 何獸能言	1. 或作猩猩。字同耳。	1.《山海經·海內南經》氾林三百里在狌狌東。
		2.《周書》曰：「鄭郭狌狌者，狀如黃狗而人面，頭如雄雞，食之不眯。」今交州封溪出狌狌。	2.《山海經·海內南經》猩猩知人名，其為獸如豕而人面。

		3.《山海經》曰:「人面,豕身,能言語。」云云。	3.《爾雅·釋獸》猩猩小而好啼。
9.	《天問》 雄虺九首	1. 身廣三寸,頭大如人擘指。此自一種蛇,名為蝮虺。	1.《爾雅·釋魚》蝮虺慱三寸,首大如擘。
		2. 腹蟲,包如綬文,鼻上有針,大者百餘斤。蟲,古虺字。	2.《山海經·南山經》猨翼之山多腹蟲。
10.	《天問》 儵忽焉在	夫形無全者,則神自然靈照。精無見者,則暗與理會。其帝江之謂乎?莊生所云中央之帝混沌,為儵忽所鑿七竅而死者,蓋假此以寓言也。	《山海經·西山經》天山有神焉,其狀如黃囊,赤如丹火,六足四翼,渾敦無面目,是識歌舞,實惟帝江也。
11.	《天問》 何所不死	1. 有員丘山,上有不死樹。食之乃壽。亦有赤泉,飲之不老。	1.《山海經·海內南經》不死民在其(交脛國)東。其為人黑色,壽不死。
		2. 甘木,即不死樹,食之不老。	2.《山海經·大荒南經》有不死之國阿姓,甘木是食。
		3. 言人頭三邊各有面也。	3.《山海經·大荒西經》大荒之山,三面之人不死。
		4.《山海經圖贊》有人爰處,員丘之上。赤泉駐年,神木養命。稟此遐齡,悠悠無竟。	
12.	《天問》 何所不死? 長人何守	案《河圖玉版》曰:「從崑崙以北九萬里,得龍伯國。人長三十丈,生萬八千歲而死。從崑崙以東,得大秦。人長十丈,皆衣帛。從此以東十萬里,得佻人國,長三十丈五尺。從此以東十萬里,得中秦國,人長一丈。」《穀梁傳》曰:「長翟身橫九畝,下其頭,眉見於軾。即長一丈人也。」	《山海經·大荒東經》有大人之國。
		圓丘上有不死樹,食之乃壽,有赤水,飲之不老。	《楚辭補注》引郭璞《山海經》注。

13.	《天問》 靡蓱九衢	1. 言樹枝交錯，相重五出，有像衢路也。《離騷》曰：「靡萍九衢。」	1. 《山海經・中山經》少室之山，其上有木焉，其名日帝休。葉狀如楊，其枝五衢。
		2. 言枝交互四出。	2. 《山海經・中山經》宣山其上有桑焉，大五十尺，其枝四衢。
14.	《天問》 一蛇吞象，厥大何如	1. 今南方蚺蛇吞鹿，鹿已爛，自絞於樹，腹中骨皆穿鱗甲間出。此其類也。《楚辭》曰：「有蛇吞象。厥大何如？」說者云長千尋。」	1. 《山海經・海內南經》巴蛇食象，三歲而出其骨，君子服之，無心腹之疾。
		2. 即巴蛇也。	2. 《山海經・海內經》朱卷之國，有黑蛇青首，食象。
		3. 《山海經圖贊》（《藝文類聚》九十六引）象實巨獸，有蛇吞之。越出其骨，三年為期。厥大何如。屈生是疑。	3.
		4. 象，獸之最大者。長鼻，大者牙長一丈，性妒，不畜淫子。	4. 《山海經・南山經》禱過之山多象。
		5. 《山海經圖贊》（《藝文類聚》九十五引）象實魁梧，體巨貌詭，肉兼十牛，目不逾豕，望頭如尾，動若丘徙。	5.
		6. 象，大獸。長鼻，牙長一丈。	6. 《史記・司馬相如傳・上林賦》（《索隱》引）象犀。
15.	《天問》 黑水玄趾	1. 黑水出崑崙山也。	1. 《山海經・大荒南經》黑水窮焉。
		2.《山海經圖贊》勞民黑趾。	
16.	《天問》 鬿堆焉處	鬿，音祈。	《山海經・東山經》北號之山有鳥焉，其狀如雞而白首，鼠足而虎爪，其名日鬿雀，亦食人。

17.	《天問》 羿焉彃日， 烏焉解羽	1. 莊周云：「昔者十日並出，草木焦枯。」《淮南子》亦云：「堯乃令羿射十日，中其九日。日中烏盡死。」《離騷》所謂「羿焉畢日？烏焉落羽？」者也。《歸藏鄭母經》云：「昔者羿善射，畢十日。果畢之。」《汲郡竹書》：「允甲即位，居西河，有妖孽，十日並出。」明此自然之異，有自來矣。傳曰：「天有十日。日之數十。」此云九日居下枝，一日居上枝。《大荒經》又云：「一日方至，一日方出。」明天地雖十日，自使以次第迭出運照，而今俱見。為天下妖災。故羿稟堯之命，洞其靈誠，仰天控弦，而九日潛退也。假令器用可以激水烈火，精感可以降霜回景，然則羿之鑠明離而斃陽烏，未足為難也。若按之常情，則無理矣。然推之以數，則無往不通。達觀之客，宜領其元致。歸之冥會，則逸義無滯。言奇不廢矣。	1. 《山海經・海外東經》湯谷上有扶桑，十日所浴。在黑齒北，居水中有大木。九日居下枝，一日居上枝。
		2. 《山海經圖贊》(《藝文類聚》一引）十日並出，草木焦枯。羿乃控弦，仰落陽烏。可為洞感，天人縣符。	
18.	《天問》 禹之力獻功， 降省下土方	布，猶敷也。《書》曰：「禹敷土，定高山大川。」	《山海經・海內經》禹鯀是始布土。
19.	《天問》 啟棘賓商， 九辯九歌	嬪，婦也。言獻美人於天帝。餘詳《離騷》。	《山海經・大荒西經》開上三嬪於天。
20.	《天問》 馮珧利決	用蜃飾弓兩頭，因取其類以為名。 王珧，即小蚌也。	《楚辭補注》引《爾雅》「弓以蜃者謂之珧」「蜃小者珧」郭璞注。

21.	《天問》 而後帝不若		《爾雅·釋言》若，順也。
22.	《天問》 化而黃熊	開筮曰：「鯀死三歲不腐，剖之以吳刀，化為黃熊也。」	《山海經·海內經》祝融殺鯀於羽郊，鯀復生禹。
23.	《天問》 璜臺十成	成，猶重也。	《楚辭補注》引郭璞注《爾雅》。
24.	《天問》 女媧有體	女媧，古神女而帝者，人面蛇身，一日中七十變，其腹化為此神。栗廣，野名。媧，音瓜。	《山海經·大荒西經》女媧之腸，化為神處栗廣之野。
25.	《天問》 簡狄在臺，嚳何宜	嚳，堯父，號高辛。	《山海經·海外南經》長臂國。
26.	《天問》 焉得夫樸牛	或作撲牛。撲牛見《離騷》《天問》。所未詳。	《山海經·北山經》敦薨之山，其獸多兕旄牛。
27.	《天問》 稷惟元子，帝何竺之	俊宜為嚳，嚳第二妃生后稷也。	《山海經·大荒西經》帝俊生后稷。

計 25	《九章》原句	郭璞注	參證典籍
1.	《九章·惜誦》 指蒼天以為正	天形穹隆，其色蒼蒼，因名云。	《爾雅·釋天》穹蒼，蒼天也。
2.	《九章·惜誦》 吾使厲神占之兮	主知災厲五刑殘殺之氣也。	《山海經·西山經》是司天之厲及五殘。
3.	《九章·惜誦》 猶有曩之態也。	《國語》曰：曩而言戲也。	《爾雅·釋言》曩，多也。
4.	《九章·涉江》 冠切雲之崔嵬	皆高峻貌也。	《文選·上林賦》巃嵸崔巍。
5.	《九章·涉江》 登崑崙兮食玉英	謂玉華也。《離騷》曰：「懷琬琰之華英。」又曰：「登崑崙兮食玉英。」《汲冢書》所謂苕華之玉。	《山海經·西山經》黃帝乃取峚山之玉榮。

6.	《九章・涉江》齊吳榜以擊汰	唱櫂歌也。〔註 8〕	《史記・司馬相如傳・子虛賦》(《集解》引) 榜人歌。
7.	《九章・涉江》余將董道而不豫兮	皆謂御正。	《爾雅・釋詁》董，督正也。
8.	《九章・哀郢》涕淫淫其若霰	皆群行貌也。	《史記・司馬相如傳・子虛賦》(《集解》引) 緬乎淫淫。
9.	《九章・哀郢》凌陽侯之泛濫兮		《文選・江賦》陽侯〔註 9〕砐硪以岸起，洪瀾涴演以雲回。
10.	《九章・哀郢》登大墳以遠望兮	謂隄。	《釋丘》墳，大防。
11.	《九章・哀郢》曾不知夏之為丘兮	1. 發語詞。見《詩》。	1.《爾雅・釋言》憯，曾也。
		2. 今江東人語亦云訾。聲如斯。	2.《方言》曾，訾，何也。湘潭之原，荊之南鄙，謂何為曾，或謂之訾。
12.	《九章・抽思》來集漢北	《書》曰:「嶓冢導漾，東流為漢。」〔註 10〕	《山海經・海內東經》漢水出鮒魚之山。
13.	《九章・懷沙》雞鶩翔舞	1. 鴨也。	1.《爾雅・釋鳥》舒鳧鶩。
		2. 煩鶩，鴨屬也。	2.《文選・上林賦》煩鶩庸渠。
14.	《九章・懷沙》永歎喟兮	1. 齂齂呬，皆氣息貌。〔註 11〕	1.《爾雅・釋詁》齂齂呬息也。
		2. 音蒯。	2.《方言》噴，憐也。沅澧之原，凡言相憐哀謂之噴。

〔註 8〕郭璞訓榜為櫂。同王逸。

〔註 9〕此陽侯波代稱。

〔註 10〕案《水經》:「漢水出武都沮縣東狼谷。經漢中魏興至南鄉。東經襄陽。至江夏安陸縣入江。別為沔水。又名為滄浪之水。」

〔註 11〕案齂者，喟之假音。

15.	《九章·懷沙》 曾傷爰哀， 永歎喟兮	謂悲恚也。爰，哀也。	《方言》爰，恚也。楚曰爰。
16.	《九章·思美人》 羌馮心猶未化	馮，恚盛貌。	《方言》馮，怒也。楚曰馮。
17.	《九章·思美人》 遭玄鳥而致詒	《詩》云：「燕燕于飛」。一名玄鳥。齊人呼鳦。」	《爾雅·釋鳥》燕燕鳦。
18.	《九章·思美人》 指嶓冢之西隈兮	1. 今在武都氐道縣南。嶓，音波。	1.《山海經·西山經》嶓冢之山。
		2. 別崖表裏之異名。	2.《爾雅·釋丘》崖內為隩，外為隈。
19.	《九章·思美人》 解萹薄與雜菜兮	似小藜，赤莖節，好生道旁。可食，又殺蟲。	《爾雅·釋草》竹萹蓄。
20.	《九章·思美人》 觀南人之變態	變態，姿貌也。	《文選·子虛賦》殫睹眾物之變態。
21.	《九章·橘頌》 橘徠服兮	1. 似橙，實酢，生江南。	1.《爾雅·釋木》柚條。
		2.《爾雅圖贊》（《藝文類聚》八十七引）厥苞橘柚，精者曰柑。實染繁霜，葉鮮翠藍。屈生嘉歎，以為美談。	2.
		3. 櫾似橘而大者也，皮厚味酸。	3.《山海經·中山經》荊山多橘櫾。
		4.《山海經圖贊》厥苞橘櫾，奇者惟甘。朱實全鮮，葉蓓翠藍。靈均是詠，以為美談。	
22.	《九章·橘頌》 曾枝剡棘	1.《飛詩》曰：「以我剡耜。」	1.《爾雅·釋詁》剡，利也。
		2.《楚辭》曰：「曾枝剡棘。」亦通語耳。音己力反。	2.《方言》凡草刺人，江湳之間謂之棘。

23.	《九章・悲回風》 隱岷山以清江	1. 岷山今在汶山郡廣陽縣西，大江所出。	1.《山海經・中山經》岷山江水出焉。
		2. 今江出汶山郡升遷縣岷山。	2.《山海經・海內東經》大江出汶山。
		3.《山海經圖贊》(《藝文類聚》八引) 岷山之精，上絡東井。始出一勺，終致淼溟。作紀南夏，天清地靜。	
24.	《九章・悲回風》 藐蔓蔓之不可量兮	藐藐曠遠貌。	《方言》藐素廣也。
25.	《九章・悲回風》 重任石之何益	《懷沙》，即《任石》也。	《文選・江賦》悲靈均之任石，歎漁父之榷歌。

計 11	屈作　他句	郭璞注	參證典籍
1.	《遠遊》 焉託乘而上浮	言騰遊士也。	《文選・上林賦》然後揚節而上浮。
2.	《遠遊》 軒轅不可攀援兮	1. 言敬畏黃帝威靈，故不敢向西而射也。	1.《山海經・海外西經》軒轅之國。
		2. 敬難黃帝之神。	2.《山海經・大荒西經》有軒轅之臺。
3.	《遠遊》 懷琬琰之華英	1. 謂玉華也。《離騷》曰：「懷琬琰之華英。」《汲冢書》所謂苕華之玉。	1.《山海經・西山經》黃帝乃取峚山之玉榮。
		2.《汲冢周書》曰：「桀伐岷山，得女二人。曰琬曰琰。」桀愛二女，斲其名於苕華之玉。苕是琬。華是琰也。	2.《史記・司馬相如傳・上林賦》(《集解》引) 垂綏琬琰。
4.	《遠遊》 騎膠葛〔註12〕以雜亂兮	言曠深貌也。	《史記・司馬相如傳・上林賦》(《索隱》引) 張樂平轇轕之宇。

〔註12〕膠葛，一作轇轕。

5.	《遠遊》 吾將過乎句芒	木神也，方面素服。《墨子》曰：「昔秦穆公有明德，上帝使句芒賜之壽十九年。」	《山海經·海外東經》東方句芒，鳥身人面，乘兩龍。
6.	《遠遊》 腳歷太皓以右轉兮	言庖犧於此經過也。	《山海經·海內經》鹽長之國，太皞爰過。
7.	《遠遊》 遇蓐收乎西皇	1. 亦金神也。人面虎爪白尾，執鉞。見外傳云。	1. 《山海經·西山經》泑山神蓐收居之。
			2. 《山海經·海外西經》西方蓐收，左耳有蛇，乘兩龍。
8.	《遠遊》 左雨師使徑侍兮	雨師，謂屏翳也。	《山海經·海外東經》雨師妾在其北。
9.	《遠遊》 使湘靈鼓瑟兮	「湘靈」義見《湘君》引道藏本神二女贊。	
10.	《遠遊》 降望大壑	1. 《含神霧》曰：「東注無底之壑也。」《離騷》：「降望大壑。」	《山海經·大荒東經》東海之外大壑。
		2. 《山海經圖贊》（《北堂書鈔》一百五十八引）雁益洞穴，映昏龍燭。爰有大壑，號日底谷。	
11.	《漁父》 滄浪之水清兮	漢水至江夏安陸縣入江，別為沔水。又名為滄浪之水。	《山海經·海內東經》漢水。

計93	其他 楚辭作家句	郭璞注	參證典籍
1.	《九辯》 鵾雞啁哳而悲鳴	1. 陽溝巨鵾，古之名雞。	1. 《爾雅·釋畜》雞三尺為鵾。
			2. 《爾雅·釋文》鵾，音昆。字或作鶤同。
2.	《九辯》 惆悵兮，而私自憐。	謂惆也。惆悵猶懊惱也。	《方言》菲惄悵也。

3.	《九辯》 雁雝雝而南遊兮	《詩》曰:「肅噰和鳴。」今詩作雍。亦通作雝。	《爾雅・釋聲》聲也，通作雍。
4.	《九辯》 哀蟋蟀之宵征	1. 今促織也，亦名蜻蛚。	1. 《爾雅・釋蟲》蟋蟀螢。
		2. 《詩》曰:「王于出征。」	2. 《爾雅・釋言》征，行也。
5.	《九辯》 蹇淹留而無成	塵垢，佇企，淹滯，皆稽久也。	《釋詁》曩塵，佇淹，留久也。
6.	《九辯》 豈不鬱陶而思君兮	1.《孟子》曰:「鬱陶思君。」	1.《爾雅・釋詁》鬱陶。喜也。
		2. 鬱悠，猶鬱陶也。	2.《方言》鬱，悠思也。晉、宋、衛、魯之間謂之鬱悠。
7.	《九辯》 四時遞來而卒歲兮	遞，更迭。	《爾雅・釋言》遞，迭也。
8.	《招魂》 帝告巫陽	皆神醫也。世本曰巫彭作醫。《楚辭》曰:「帝告巫陽」。	《山海經・海內西經》開明東有巫彭、巫抵、巫陽、巫履、巫凡、巫相。
9.	《招魂》 何為四方些	1. 呰，已，皆方俗異語。	1. 《爾雅・釋詁》呰，已，此也。
		2.《廣雅》云:「些。辭也。」郝懿行說:「郭以些為呰，蓋本《楚辭》。」	2. 《爾雅釋文》呰，郭音些。
10.	《招魂》 雕題黑齒	1. 點湼其面，畫體為鱗采，即鮫人也。	1.《山海經・海內南經》雕題國。
		2. 《東夷傳》曰:「倭國東四千餘里有裸國。裸國東南有黑齒國，舡行一年可至也。」《異物志》云:「西屠染齒，亦以放此人。」	2.《山海經・海外東經》黑齒國在其北。
		3. 齒如漆也。	3.《山海經・大荒東經》有黑齒國。
		4. 《山海經圖贊》陽谷之山，國號黑齒。	

<table>
<tr><td rowspan="1">11.</td><td>《招魂》
以其骨為醢些</td><td>肉醬。</td><td>《爾雅・釋器》肉謂之醢。</td></tr>
<tr><td rowspan="2">12.</td><td rowspan="2">《招魂》
赤螘若象，
玄蠭（蜂）若壺些</td><td>1. 赤駁蚍蜉。</td><td>1. 《爾雅・釋蟲》蟄打螘。</td></tr>
<tr><td>2. 蛾，蚍蜉也。《楚辭》曰：「玄蜂如壺，赤蛾如象。」謂此也。</td><td>2. 《山海經・海內北經》大蠭其狀如螽。朱蛾其狀如蛾。</td></tr>
<tr><td>13.</td><td>《招魂》
豺狼從目</td><td>直目，目從也。</td><td>《山海經・大荒北經》直目正乘。</td></tr>
<tr><td>14.</td><td>《招魂》
檻層軒些</td><td>重坐，重軒也。</td><td>《史記・司馬相如傳・上林賦》（《集解》引）重坐曲閣。</td></tr>
<tr><td rowspan="2">15.</td><td rowspan="2">《招魂》
層臺累榭</td><td>1. 積土四方。</td><td>1. 《爾雅・釋宮》圖謂之臺。</td></tr>
<tr><td>2. 臺上起屋。</td><td>2. 《爾雅・釋宮》木謂之榭。</td></tr>
<tr><td>16.</td><td>《招魂》
冬有突廈</td><td>言於岩突底為室，潛通臺上也。</td><td>《文選・上林賦》岩突洞房。</td></tr>
<tr><td>17.</td><td>《招魂》
經堂入奧</td><td>室中隱奧之處。</td><td>《爾雅・釋宮》西南隅謂之奧。</td></tr>
<tr><td>18.</td><td>《招魂》
蛾眉曼睩</td><td>鮮明貌也。《楚辭》曰：「美人皓齒奼以姱。」又曰：「嫮昆宜笑，蛾眉曼。」〔註 13〕</td><td>《史記・司馬相如傳・上林賦》（《索隱》引）皓齒燦爛，宜笑的皪。長眉連娟，微睇綿藐。</td></tr>
<tr><td>19.</td><td>《招魂》
侍陂遆些</td><td>言旁穨也。</td><td>《文選・子虛賦》罷池陂陀。</td></tr>
<tr><td rowspan="2">20.</td><td rowspan="2">《招魂》
稻粢穱麥</td><td>1. 今沛國呼稌。</td><td>1. 《爾雅・釋草》稌稻。</td></tr>
<tr><td>2. 今江東人呼粟為粢。</td><td>2. 《爾雅・釋草》粢稷。</td></tr>
<tr><td>21.</td><td>《招魂》
大苦醎酸</td><td>今甘草也。蔓延生，葉似荷，青黃，莖赤有節，節有枝相當。或云蘦似地黃。</td><td>《爾雅・釋草》蘦大苦。</td></tr>
</table>

〔註 13〕此條胡小石先生輯錄有誤。此二句為《大招》「朱唇皓齒，嫭以姱只」與「嫮目宜笑，娥眉曼只」。

<table>
<tr><td>22.</td><td>《招魂》
陳吳羹些</td><td>肉，腤也。《廣雅》曰：涪見《左傳》。</td><td>《爾雅・釋器》肉謂之羹。</td></tr>
<tr><td>23.</td><td>《招魂》
露雞臛蠵</td><td>蠵，觜蠵，大龜也。甲有交彩。似玳瑁而薄。音遺知反。</td><td>《山海經・東山經》其中多蠵龜。</td></tr>
<tr><td>24.</td><td>《招魂》
有餦餭些</td><td>即乾飴也。</td><td>《方言》餳謂之餦餭。</td></tr>
<tr><td>25.</td><td>《招魂》
發激楚些</td><td>激楚，歌曲也。</td><td>《史記・司馬相如傳・上林賦》(《集解》) 引激楚結風。</td></tr>
<tr><td>26.</td><td>《招魂》
菉蘋齊葉兮白芷生</td><td>《詩》曰：「于以采蘋」。</td><td>《爾雅・釋草》苹蓱其大者蘋。</td></tr>
<tr><td rowspan="2">27.</td><td rowspan="2">《招魂》
與王趨夢兮課後先</td><td>1. 今南郡華容縣東南巴丘湖是也。</td><td>1. 《爾雅・釋地》楚有雲夢。</td></tr>
<tr><td>2. 江夏安陸有雲夢城。南郡枝江亦有雲夢城。華容縣又有巴丘湖，俗云即古雲夢澤也。</td><td>2.《史記・司馬相如傳・子虛賦》(《索隱》引) 名曰雲夢。</td></tr>
<tr><td rowspan="3">28.</td><td rowspan="3">《招魂》
君王親發兮憚青兕</td><td>1. 一角，青色，重千斤。</td><td>1. 《爾雅・釋獸》兕似牛。</td></tr>
<tr><td>2. 兕，亦似水牛。一角，重三千斤。</td><td>2. 《山海經・南山經》「禱過之山其下多犀兕。</td></tr>
<tr><td>3. 《山海經圖贊》(《藝文類聚》九十五引) 兕惟壯獸，似牛青黑，力無不傾，自焚以革。皮充武備，角助文德。</td><td></td></tr>
<tr><td rowspan="2">29.</td><td rowspan="2">《招魂》
湛湛江水兮上有楓</td><td>1. 楓樹似白楊，葉圓而歧，有脂而香，今之楓香是。</td><td>1. 《爾雅・釋木》楓欇欇。</td></tr>
<tr><td>2. 楓似白楊，素圓而歧，有脂而香。</td><td>2.《史記・司馬相如傳・上林賦》(《索隱》引) 華汜檘櫨。</td></tr>
<tr><td>30.</td><td>《招魂》
蘭膏明燭，
華鐙錯些</td><td>古以人執燭，後易之以鐙。</td><td>《爾雅・釋燈》膏鐙也。</td></tr>
</table>

31.	《大招》 鰅鱅短狐	1. 鱅，似鰱而黑。	1.《史記·司馬相如傳·上林賦》(《集解》引)鰅鱅。
		2. 鰅魚有文采。鰫，似鰱而黑。	2. 《文選》鰅鱅。
		3. 鰫音常容反。	3. 《南都賦》鰅鰫。
32.	《大招》 王蛇騫只	蟒，蛇最大者，故日王蛇。	《爾雅·釋魚》蟒，王蛇。
33.	《大招》 天白顥顥	水白光貌。	《史記·司馬相如傳·上林賦》(《索隱》引)翯乎滈滈。
34.	《大招》 設菰粱只	菰，蔣也。	《史記·司馬相如傳·子虛賦》(《索隱》引)蓮藕菰蘆。
35.	《大招》 膾苴蓴只	以為蘘荷。〔註14〕	《史記·司馬相如傳·子虛賦》(《索隱》引)諸蔗猼且。
36.	《大招》 朱唇皓齒， 嫭以姱只	鮮明貌也。《楚辭》曰：「美人皓齒以姱。」	《史記·司馬相如傳·上林賦》(《索隱》引)皓齒粲爛。
37.	《大招》 嫮目宜笑， 娥眉曼只。	鮮明貌也。《楚辭》曰：「美人皓齒妃以姱。」又曰：「嫮昆宜笑，蛾眉曼。」	《史記·司馬相如傳·上林賦》(《索隱》引)皓齒燦爛，宜笑的皪。長眉連娟，微睇綿藐。
38.	《大招》 曲眉規只	連娟，眉曲細也。	《史記·司馬相如傳·上林賦》(《索隱》引)長眉連娟。
39.	《大招》 粉白黛黑， 施芳澤只	靚妝，粉白黛黑也。	《文選·上林賦》靚妝刻飾。
40.	《大招》 南交阯只	言腳脛曲戾相交，所謂雕題交趾者也。	《山海經·海外南經》交脛國其為人交脛。

〔註14〕苴蓴疑當作苴蓴。《九歎·愍命》王注云：「蘘荷。蓴苴也。」

41.	《惜誓》 使麒麟可得羈而繫兮	1. 麒似麟而無角。	1.《史記·司馬相如傳·上林賦》(《索隱》引)獸則麒麟。
		2. 角頭有肉。《公羊傳》曰:「有麕而角。」	2.《爾雅·釋獸》麐麕身,牛尾,一角。
42.	《招隱士》 桂樹叢生兮山之幽	桂,白華也,叢生山峰,冬長青,間無雜木。	《楚辭補注》引郭璞言
43.	《招隱士》 山氣巃嵸兮石嵯峨	皆高峻貌。	《史記·司馬相如傳·上林賦》(《正義》引)巃嵸嵯峨。
44.	《七諫·初放》 言語訥譅兮	語蹬難也。	《方言》謇,吃也。或謂之蹬。
45.	《七諫·自悲》 凌恒山其若陋兮	北嶽恒山。	《爾雅·釋山》河北恒。
46.	《七諫·自悲》 至會稽而且止	今在會稽郡山陰縣南,上有禹冢及井。	《山海經·南山經》會稽之山四方。
47.	《七諫·謬諫》 虎嘯而谷風至兮	《詩》曰:「習習谷風。」	《爾雅·釋天》東風謂之谷風。
48.	《七諫·謬諫》 亂曰:畜鳧駕鵝	野鵝也。	《史記·司馬相如傳·子虛賦》(《集解》引)連駕鵝。
49.	《七諫·哀時命》 願至崑崙之縣圃兮, 採鍾山之玉英	《穆天子傳》云:鍾山作春山,字同耳。穆王北升此山,以望四野,曰鍾山,是惟天下之高山也。……穆王五日觀於鍾山,乃為銘跡於縣圃之上,以詔後世。	《山海經·西山經》鍾山。
50.	《七諫·哀時命》 璋珪雜於甑窐兮	《詩》曰:「溉之釜鬵。」	《爾雅·釋器》䰝謂之鬵。
51.	《七諫·哀時命》 使梟楊先導兮	梟羊也。《山海經》曰:「其狀如人,面長脣黑,身有毛,反踵。見人則笑,交廣及南康郡山中亦有此物。大者長丈許,俗呼之曰山都。」〔註 15〕	《爾雅·釋獸》狒狒如人,被髮迅走,食人。

〔註 15〕郭璞將「楊」作「羊」,猶漢歐陽之或作歐羊。

52.	《九懷．匡機》 顧遊心兮鄗酆	鎬水，豐水下流也。	《史記·司馬相如傳·上林賦》(《索隱》引)鄗部潦潏。
53.	《九懷．通路》 朝發兮蔥嶺	河出崑崙，而潛行地下，至蔥嶺復出，注鹽澤。	《山海經·海外北經》博父國。
54.	《九懷．通路》 騰蛇兮後從	龍類也，能興雲雨而遊其中。	《爾雅．釋魚》螣螣蛇。
55.	《九懷．通路》 飛駏兮步旁	1. 亦馬屬。《尸子》曰：「巨虛不擇地而走。」	1. 《穆天子傳》邛邛距虛走百里。
		2. 即蛩蛩鉅虛也，一走百里，見《穆天子傳》。音邛。	2. 《山海經．海外北經》有素獸焉，狀如馬，名曰蛩蛩。
		3. 驒騱，駏驢類也。	3. 《文選．上林賦》驒騱。
56.	《九懷．危俊》 林不容兮鳴蜩	1. 《夏小正傳》曰：「蜋蜩者，五采具。」	1. 《爾雅．釋蟲》蜋蜩。
		2. 音調。	2. 《方言》蟬楚謂之蜩。
57.	《九懷．危俊》 歷九曲兮牽牛	今荊楚入呼牽牛星擔鼓，擔者，荷也。	《爾雅·釋天》何鼓謂之牽牛。
58.	《九懷．昭世》 登羊角兮扶輿	《淮南》所謂曾折摩，地扶輿、猗靡也。	《史記·司馬相如傳·子虛賦》(《集解》引)扶輿猗靡。
59.	《九懷．昭世》 使祝融兮先行	祝融，高辛氏火正號。	《山海經·海內經》戲器生祝融。
60.	《九懷．尊嘉》 抽蒲兮陳坐	今西方人呼蒲為莞蒲。蒚，謂其頭臺首也。今江東謂之苻蘺，西方亦名蒲中莖為蒚，用之為席。音羽翮。	《爾雅·釋草》莞苻蘺其上蒚。
61.	《九懷．思忠》 抽庫婁兮酌醴	奎為溝瀆，故名降。庫奎聲近。	《爾雅．釋天》降婁，奎婁也。
62.	《九歎．逢紛》 伊伯庸之末胄兮	發語辭。	《爾雅·釋詁》伊，維也。
63.	《九歎．逢紛》 吟澤畔之江濱	濱，涯也。	《文選·子虛賦》畋於海濱。

64.	《九歎・逢紛》讒夫藹藹而漫著兮	皆賢士眾多之容止，此狀讒夫之盛多。	《爾雅・釋詁》藹藹，濟濟，止也。
65.	《九歎・離世》擢舟杭以橫瀝〔註16〕兮	1. 衣謂褌。	1. 《爾雅・釋水》深則厲。以衣涉水為厲。
		2. 繇，自也。	2. 《爾雅・釋水》繇帶以上為厲。
66.	《九歎・惜賢》採撚支於中洲	撚支，木也。	《楚辭補注》引郭璞言
67.	《九歎・憂苦》猶未殫於九章	殫，盡也。	《文選・子虛賦》殫睹眾物之變態。
68.	《九歎・憂苦》鴟鴞集於木蘭	鸋鴂，鴟類。	《楚辭補注》引郭璞言
69.	《九歎・愍命》捐赤瑾於中庭	赤瑾也。見《楚辭》。	《史記・司馬相如傳・子虛賦》(《集解》引)其石則赤玉玫瑰。
70.	《九歎・愍命》瓞齬蠹於筐簏	瓠勺也。音麗。	《方言》蠡。
71.	《九歎・思古》纖阿不御	1. 纖阿，古之善御者。	1. 《史記・司馬相如傳・子虛賦》(《索隱》引)纖阿為御。
		2. 纖阿，古善御者。見《楚辭》。娥，音纖。孅，音纖。	2. 《文選》作纖阿。
		3. 孅阿，古之善御者。孅，音纖。	3. 《漢書》(引郭璞注)孅。
72.	《九歎・遠遊》悉靈圉而來謁。	靈圉、淳圉，仙人名也。	《楚辭補注》引郭璞言。
73.	《九歎・遠遊》絕都廣以直指兮	其城方三百里，蓋天下之中，素女所出也。《離騷》曰：「絕都廣野而直柏號。」	《山海經・海內經》西南黑水之間有都廣之野，后稷葬焉。
74.	《九思・逢尤》車軏折兮馬虺頹	虺頹玄黃，皆人病之通名。而說者便謂之馬病，失其義也。	《爾雅・釋詁》虺頹，病也。

〔註16〕厲，《說文》做砅，或作瀝。原本《玉篇・水部》引此作砅。

75.	《九思・怨上》大火兮西睨	大火，心也。在中最明，故時候主焉。	《爾雅・釋天》大火謂之大辰。
76.	《九思・怨上》鴛鴦兮噰噰	皆鳥鳴相和。	《爾雅・釋詁》關關噰噰，音聲和也。
77.	《九思・怨上》螻蛄兮鳴東	螻蛄也。《夏小正》「日螜則鳴。」	《爾雅・釋蟲》螜天螻。
78.	《九思・怨上》蝨蟄兮號西	1. 江東呼為茅蟄，似蟬而小。青色。	1. 《爾雅・釋蟲》蟄茅蜩。
		2. 江東謂之蟄蜩也。	2. 《方言》蜩蟧謂之蟄蜩。
79.	《九思・怨上》裁緣兮我裳	蛓屬也，今青州人呼蛓為蛓蟴。孫叔然云:「八角螫蟲。」失之。	《爾雅・釋蟲》蟔蛅蟴。
80.	《九思・怨上》蠋入兮我懷	大蟲如指。見《韓子》。	《爾雅・釋蟲》蚅烏蠋。
81.	《九思・疾世》媒女詘兮謰謱	言諸拏也。	《方言》謰謱拏也。
82.	《九思・疾世》赴崑山兮畢騄	《紀年》曰：「北唐之君來見，以一驪馬，是生綠耳。」	《穆天子傳》綠耳。
83.	《九思・憫上》蔚藮兮青蔥	似芹可食，子大如麥，兩兩相合，有毛著人衣。	《爾雅・釋草》藒藮竊衣。
84.	《九思・遭厄》徑娵觜兮直馳	營室東壁星四方似口，因名云。	《爾雅・釋天》娵觜之口營室東壁也。
85.	《九思・悼亂》左見兮鳴鵙	似鶷鶡而大，《左傳》曰伯趙是。	《爾雅・釋鳥》鵙，伯勞也。
86.	《九思・悼亂》鶬鶊兮喈喈	1. 其色黧黑而黃，因以名云。	1. 《爾雅・釋鳥》倉庚，黧黃也。
		2. 又名商庚。	2. 《方言》鸝黃自關而東謂之鶬鶊。
87.	《九思・悼亂》山鵲兮嚶嚶	兩鳥鳴。	《爾雅・釋訓》嚶嚶。
88.	《九思・哀歲》蝍蛆兮穰穰	似蝗而大腹長角，能食蛇腦。	《爾雅・釋蟲》蒺蔾蝍蛆。

89.	《九思・哀歲》巷有兮蚰蜒	1. 由延二音。	1. 《方言》蚰蜇。
		2. 蚰蜒。	2. 《爾雅・釋魚》螾衡入耳。
90.	《九思・哀歲》邑多兮螳螂	1. 蟷蠰，螗蜋別名。	1. 《爾雅・釋蟲》不過蟷蠰。
		2. 蟷蜋有斧蟲，江東呼為石蜋。	2. 《爾雅・釋蟲》莫貈蟷蜋蛑。
		3. 有斧蟲也。江東呼為石蜋，又名虼肬。	3.《方言》螳螂謂之髦。
91.	《九思・哀歲》鱣鮎兮延延	1. 鱣，大魚。似鱏而短鼻。口在頷下。體有邪行甲，無鱗。肉黃。大者長二三丈。今江東呼為黃魚。	1. 《爾雅・釋魚》鱣。
		2. 別名鯷。江東通呼鮎為鯷。	2. 《爾雅・釋魚》鮎。
92.	《九思・守志》舉天畢兮掩邪	掩兔之畢，或呼為濁，因星形以名。	《爾雅・釋天》濁謂之畢。
93.	《九思・守志》斥蜥蜴兮進龜龍	1. 轉相解，博異語。別四名也。	1.《爾雅・釋魚》蠑螈、蜥蜴，蝘蜓。守宮也。
		2. 南陽人又呼蝘蜓。	2. 《方言》守宮，秦晉西夏或謂之蜥易。

附錄二：魏晉南北朝楚辭及屈原批評資料

注：

1. 本部分資料搜集在《楚辭評論資料選》基礎上進行。（楊金鼎主編：《楚辭評論資料選》，武漢：湖北人民出版社，1985 年，第 13～30 頁。）
2. 本書搜集資料前標「★」。

魏：（公元 220～280 年）

1. 曹操

★《與孔融書》（《後漢書．孔融傳》）

蓋聞唐虞之朝，有克讓之臣，故麟鳳來而頌聲作也。後世德薄，猶有殺身為君，破家為國。及至其敝，睚眥之怨必仇，一餐之惠必報。故晁錯念國，遘禍於袁盎；屈平悼楚，受譖於椒、蘭；彭寵傾亂，起自朱浮，鄧禹威損，失於宗馮，由此言之，喜怒怨愛，禍福所因，可不慎與？

2. 曹丕

★《與鍾繇書》（《藝文類聚》卷四）

九為陽數，而日月並應，俗嘉其名，以為宜於長久，故以享宴高會。是月律中無射，言群木庶草，無有射而生。至於芳菊，紛然獨榮，非夫含乾坤之純和，體芬芳之淑氣，孰能如此？故屈平悲冉冉之將老，思食秋菊之落英，輔體延年，莫斯之貴。

《典論・論文》((清)嚴可均輯:《全上古三代秦漢三國六朝文》,《全三國文》卷八,第1097～1098頁。)

或問:「屈原、相如之賦孰愈?」曰:「優游案衍,屈原之尚也;窮侈極妙,相如之長也。然原據託譬喻,其意周旋,綽有餘度矣。長卿、子雲,意未能及也。」

3. 曹植

★《與楊德祖書》(《文選・卷四二》)(《曹子建集》)

辭賦小道,固未足以諭揚大義,彰示來世也。昔揚子雲,先朝執戟之臣耳,猶稱壯夫不為也。

4. 杜恕

★《聽察》(《全三國文》卷四十二・魏四十二)

凡有國之主,不可謂舉國無深謀之臣,闔朝無智策之士也。在聽察所考,精與不精,審與不審耳。何以驗其然乎。……吳王夫差拒子胥之謀,納宰嚭之說,國滅身亡者,不可謂無深謀之臣也。楚懷王拒屈原之計,納靳尚之策,沒秦而不反者,不可謂無計劃之士也。虞公不用宮奇之謀,滅於晉。仇由不聽赤章之言,亡於智氏。蹇叔之哭,不能濟崤澠之覆。趙括之母,不能救長平之敗。此皆人主之聽,不精不審耳。由此觀之,天下之國,莫不皆有忠臣謀士也。或喪師敗軍,危身亡國者,誠在人主之聽,不精不審。取忠臣,謀博士,將何國無之乎。

5. 李康

《運命論》(《文選》卷五三)(《全三國文》魏卷四十三)

治亂,運也;貴賤,時也。而後之君子,區區於一主,歎息於一朝,屈原以之沉湘,賈誼以之發憤,不亦過乎?

兩晉:(西晉　公元266～316年;東晉　公元317～420年)

1. 左芬

★(《晉書・卷三十一・列傳第一・后妃上》)

左貴嬪,名芬。兄思,別有傳。芬少好學,善綴文,名亞於思,武帝聞而納之。泰始八年,拜修儀。受詔作愁思之文,因為《離思賦》曰:

生蓬戶之側陋兮，不閒習於文符。不見圖畫之妙像兮，不聞先哲之典謨。既愚陋而寡識兮，謬忝廁於紫廬。非草苗之所處兮，恒怵惕以憂懼。懷思慕之忉怛兮，兼始終之萬慮。嗟隱憂之沉積兮，獨鬱結而靡訴。意慘憒而無聊兮，思纏綿以增慕。夜耿耿而不寐兮，魂憧憧而至曙。風騷騷而四起兮，霜皚皚而依庭。日晻曖而無光兮，氣懰栗以冽清。懷愁戚之多感兮，患涕淚之自零。

昔伯瑜之婉孌兮，每彩衣以娛親。悼今日之乖隔兮，奄與家為參辰。豈相去之云遠兮，曾不盈乎數尋。何宮禁之清切兮，欲瞻睹而莫因。仰行雲以歔欷兮，涕流射而沾巾。惟屈原之哀感兮，嗟悲傷於離別。彼城闕之作詩兮，亦以日而喻月。況骨肉之相於兮，永緬邈而兩絕。長含哀而抱戚兮，仰蒼天而泣血。

亂曰：骨肉至親，化為他人，永長辭兮。慘愴愁悲，夢想魂歸，見所思兮。驚寤號咷，心不自聊，泣漣氵 而兮。援筆舒情，涕淚增零，訴斯詩兮。

2. 劉毅

《上疏請罷中正除九品》(《晉書・卷四十五・列傳第十五》)

臣聞：……夫名狀以當才為清，品輩以得實為平，治亂安危之要，不可不明。清平者，政化之美也。枉濫者，亂敗之惡也，不可不察。然人才異能，備體者寡。器有大小，達有早晚。前鄙後修，宜受日新之報。抱正違時，宜有質直之稱。度遠闕小，宜得殊俗之狀。任直不飾，宜得清實之譽。行寡才優，宜獪器任之用。是以三仁殊途而同歸，四子異行而均義。陳平、韓信笑侮於邑里，而收功於帝王。屈原、伍胥不容於人主，而顯名於竹帛，是篤論之所明也。

3. 華譚

★《對別駕陳總問》(《晉書・卷五十二・列傳第二十二》)

朝雖有求賢之名，而無知才之實。言雖當，彼以為誣。策雖奇，彼以為妄。誣則毀已之言入，妄則不忠之責生，豈故為哉。淺明不見深理，近才不睹遠體也。是以言不用，計不施，恐死亡之不暇，何論功名之立哉。故上官昵而屈原放，宰嚭寵而伍員戮，豈不哀哉。若仲舒抑於孝武，賈誼失於漢文，蓋復是其輕者耳。故白起有云：非得賢之難，用之難。非用之難，信之難。得賢而不能用，用而不能信，功業豈可得而成哉」

4. 孫惠

★《諫齊王冏》（《晉書・卷五十九・列傳第二十九》）

惠以衰亡之餘，遭陽九之運，甘矢石之禍，赴大王之義，脫褐冠冑，從戎於許。契闊戰陣，功無可記，當隨風塵，待罪初服。屈原放斥，心存南郢。樂毅適趙，志戀北燕。況惠受恩，偏蒙識養，雖復暫違，情隆二臣。是以披露血誠，冒昧干迕。言入身戮，義讓功舉，退就鈇鑕，此惠之死賢於生也。

5. 郭璞

★（《晉書・卷七十二・列傳第四十二》）

璞撰前後筮驗六十餘事，名為《洞林》。又抄京、費諸家要最，更撰《新林》十篇、《卜韻》一篇。注釋《爾雅》，別為《音義》《圖譜》。又注《三蒼》《方言》《穆天子傳》《山海經》及《楚辭》《子虛》《上林賦》數十萬言，皆傳於世。所作詩賦誄頌亦數萬言。子驁，官至臨賀太守。

★《江賦》（《文選》卷一二）

悲靈均之任石，歎漁父之櫂歌。

★《山海經圖贊》（明道藏本《山海經圖贊》1、2 條，《藝文類聚》卷九六 3 條。）

厥苞桔柚，奇者惟甘，朱實金鮮，葉篟翠藍，靈均是詠，以為美談。

神之二女，爰宅洞庭。遊化五江，恍惚窈冥，號曰夫人，是惟湘靈。

象實巨獸，有蛇吞之。越出其骨，三年為期。厥大何如，屈生是疑。

★《爾雅圖贊》（《藝文類聚》卷八一、八七）

卷施之草，拔心不死。屈平嘉之，諷詠以比。取類雖邇，興有遠旨。

厥苞桔柚，精者曰柑。實染繁霜，葉鮮翠藍，屈生嘉歎，以為美談。

6. 謝萬

★（《晉書卷七十九．列傳第四十九》）

萬字萬石，才器雋秀，雖器量不及安，而善自衒曜，故早有時譽。工言論，善屬文，敘漁父、屈原、季主、賈誼、楚老、龔勝、孫登、嵇康四隱四顯為《八賢論》，其旨以處者為優，出者為劣，以示孫綽。綽與往反，以體公識遠者則出處同歸。嘗與蔡系送客於征虜亭，與系爭言。系推萬落牀，冠帽傾脫。萬徐拂衣就席，神意自若，坐定，謂系曰「卿幾壞我面」系曰「本不為卿面計」然俱不以介意，時亦以此稱之。

《八賢頌．屈原》（《全晉文．卷三十一》）

皎皎屈原，玉瑩冰鮮。舒採翡林，摛光虯川。〔《初學記》十七〕

7. 皇甫謐

《三都賦序》（《文選》卷四五）（《全晉文．卷三十一》）

詩人之作，雜有賦體。子夏序詩曰：一曰風，二曰賦，故知賦者，古詩之流也。至於戰國，王道陵遲，風雅浸頓，於是賢人失志，辭賦作焉。是以孫卿、屈原之屬，遺文炳然，辭義可觀，存其所感，咸有古詩之意，皆因文以寄其心，託理以全其制，賦之首也。及宋玉之徒，淫文放發，言過於實，誇競之興，體失之漸，風雅之則，於是乎乖。逮漢賈誼，頗節之以禮。自時厥後，綴文之士，不率典言，並務恢張，其文博誕空類。大者罩天地之表，細者入毫纖之內，雖充車聯駟，不足以載，廣夏接榱，不容以居也。其中高者，至如相如《上林》、揚雄《甘泉》、班固《兩都》、張衡《二京》、馬融《廣成》、王先《靈光》，初極宏侈之辭，終以約簡之制。煥乎有文，蔚爾鱗集，皆近代辭賦之偉也。

★《高士傳・卷中・漁父》

漁父者，楚人也，楚亂，乃匿名隱釣於江濱。楚頃襄王時，屈原為三閭大夫，名顯於諸侯，為上官靳尚所譖，王怒，放之江濱，被發行吟於澤畔。漁父見而問之，曰「子非三閭大夫歟。何故至於斯」原曰「舉世混濁而我獨清，眾人皆醉而我獨醒，是以見放」漁父曰「夫聖人不凝滯於萬物，故能與世推移。舉世混濁，何不揚其波，汨其泥。眾人皆醉，何不餔其糟，歠其醨。何故懷瑾握瑜，自令放為」乃歌曰「滄浪之水清，可以濯吾纓。滄浪之水濁，可以濯吾足」遂去深山，自閉匿，人莫知焉。

8. 傅玄

★《橘賦序》(《四部叢刊》三編《太平御覽》卷九六六)

詩人睹玉雎而詠后妃之德，屈平見朱橘而申直臣之志焉。

9. 陸雲

★《與兄平原書》(《陸雲集》中華書局 1988 年)

嘗聞湯仲歎《九歌》，昔讀《楚辭》，意不大愛之。頃日視之，實自清絕滔滔。故自是識者，古今來為如此種文，此為宗矣。視《九歌》便自歸謝絕。思兄常欲其作詩文，獨未作此曹語。若消息小佳，願兄可試作之。兄復不作者，恐此文獨單行千載。間嘗謂此曹語不好，視《九歌》，正自可歎息。王褒作《九懷》，亦極佳，恐猶自繼。真玄盛稱《九辯》，意甚不愛。

誨《九憫》如所敕。此自未定，然雲意，自謂故當是近所作上。近者意又謂其與漁父相見以下盡篇為佳，謂兄必許此條，然淵弦意呼作脫可行耳。至兄惟以此為快，不知雲論文何以當與兄意作如此異？此是情文，但本少情，而頗能作泛說耳。又見作九者，多不祖宗原意，而自作一家說。惟兄說與漁父相見，又不大委屈盡其意。雲以原流放，惟見此一人，當為致其意，深自謂佳。願兄可試更視，與漁父相見時語，亦無他異，附庸而言，恐此故勝淵弦。

《九愍序》(《全晉文・卷一百一》)

昔屈原放逐，而離騷之辭興，自今及古，文雅之士，莫不以其情而玩其辭，而表意焉，遂廁作者之末，而述九愍。

裔皇聖之豐祐，膺萬乘之多福。真龍暉以底載，啟元辰而誕育。考度中以錫命，端嘉令而自肅。蘭情馥以芬香，瓊懷皎其如玉。希千載以遙想，昶遠思而自怡。范方地而式矩，儀穹天而承規。結丹疑於璇璣，協朱誠於四時。諮中心之信修，佩日月以為旗。悲年歲之晚暮，殉修名而競心。仰勳華之耿暉，詠三闕之遐音。握遺芳而自玩，挹浩露於蘭林。陰雲紛以興靄，飆風起而回波。黨朋淫以惡美，疾傾宮之揚娥。樹椒蘭於瑤圃，掩夜光於瓊華。遘貞心以誰忒，毀玉質而蒙瑕。甘莠言而棄予，忽遐放其若遺。瞻前軌而我先，顧後乘而駕遲。遵荒塗而伏軾，撫鳴鸞而稱悲。感瞻烏之有集，嗟離瘼之焉歸。靜沉思以自瘁，願凌雲而天飛。

10. 曹攄

《述志賦》(《藝文類聚》卷二六）

哀夫差之溷惑，詠楚懷之失圖。悲伍員之沉悴，痛屈平之無辜。

11. 摯虞

《憫騷》(《藝文類聚》卷五六）

蓋明哲之處身，固度時以進退。泰則攄志於宇宙，否則澄神於幽昧。摛之莫究其外，函之罔識其內，順陰陽以潛躍，豈凝滯乎一概。

《文章流別論》(嚴可均輯：《全上古三代秦漢三國六朝文》,《全晉文》卷七十七，第 1905-～1906 頁。)(《藝文類聚》卷五六）

賦者，敷陳之稱，古詩之流也。古之作詩者，發乎情，止乎禮義。情之發，因辭以行之，禮義之旨，須事以明之，故有賦焉。所以假象盡辭，敷陳其志。前世為賦者，有孫卿、屈原，尚頗有古詩之義。至宋玉則多淫浮之病矣。《楚辭》之賦，賦之善者也，故揚子稱賦莫深於《離騷》，賈誼之作，則屈原之儔也。古詩之賦，以情義為主，以事類為佐，今之賦，以事形為本，以義正為助。情義為主，則言省而文有例矣；事形為本，則言當而辭無常矣。文之煩省，辭之險易，蓋由於此。

12. 葛洪

《抱朴子內篇》(《北堂書鈔》卷一三七)

屈原沒汨羅之日，人並命舟楫以迎之。至今以為口渡，或謂之飛凫。亦（有脫文）日州將士庶，悉臨觀之。

《時難》(《諸子集成》第八冊《抱朴子》外篇，1986 年版)

言不可見信，猶之可也，若乃李斯之誅韓非，龐涓之刖孫臏，上官之毀屈平，袁盎之中鼂錯，不可勝載也。為臣不易，豈一途也哉？

★《西京雜記・卷四》

司馬遷發憤作史記百三十篇。先達稱為良史之才。其以伯夷居列傳之首。以為善而無報也。為項羽本紀。以踞高位者非關有德也。及其序屈原。賈誼。辭旨抑揚。悲而不傷。亦近代之偉才。

13. 伏滔

★《論青楚人物》(《世說新語・言語篇》注引，1958 年影印本)(《全晉文・卷一百三十三》)

《漢廣》之風，不同《雞鳴》之篇；子文、叔敖羞與管、晏比德。接輿之歌「風兮」，漁父之詠「滄浪」。漢陰丈人之折子貢，市南宜僚屠羊說之不為利回，魯仲連不及老萊夫妻。田光之於（當有誤）屈原，鄧禹、卓茂無敵於天下。

14. 陶淵明

《讀史述九章・屈賈》(《四部叢刊》影印李公煥《箋注陶淵明集》)

進德修業，將以及時。如彼稷契，孰不願之？嗟乎二賢，逢時多疑。候瞻寫志，感鵩獻辭。

《感士不遇賦序》(《四部叢刊》影印李公煥《箋注陶淵明集》)

夫履信思順，生人之善行；抱璞守靜，君子之篤素。自真風告逝，大偽斯興，閭閻懈廉退之節，市朝驅易進之心。懷正志道之士，或潛玉於當年；潔已清操之人，或沒世以徒勤。故夷皓有「安歸」之歎，三閭發「已矣」之哀。悲夫，寓形百年，而瞬息已盡，立行之難，而一城莫賞。此古人所以染翰慷慨，屢伸而不能已者也。

15. 王嘉

★《拾遺記・洞庭山》

後懷王好進奸雄，群賢逃越。屈原以忠見斥，隱於沅湘，披蓁茹草，混同禽獸，不交世務，採柏實以和桂膏，用養心神。被王逼逐，乃赴清泠之水。楚人思慕，謂之水仙。

16. 潘尼

★《送盧弋陽景宣詩》(《秦漢魏晉南北朝詩・晉詩・卷八》)

楊朱焉所哭，歧路重別離。屈原何傷悲，生離情獨哀。知命雖無憂，倉卒意低迴。歎氣從中發，灑淚隨襟頹。九重不常鍵，閶闔有時開。愧無貯衣獻，貽言取諸懷。

17. 周祗

★《枇杷賦〔並序〕》(《全晉文・卷一百四十二》)

昔魯季孫有嘉樹，韓宣子賦譽之。屈原離騷，亦著橘賦。至於枇杷樹，寒暑無變，負雪揚華，余植之庭圃，遂賦之云。

名同音器，質貞松竹，四序一採，素華冬馥。霏雪潤其綠蕤，商風理其勁條。望之冥濛，即之疏寥。〔《藝文類聚》八十七。《御覽》九百七十一。〕

南北六朝：(南朝　公元420～589年；北朝　公元386～581年)

1. 陳武宣章皇后

★(《南史・卷十二・列傳第二》)

陳武宣章皇后，諱要兒，吳興烏程人。……後善書計，能誦《詩》及《楚辭》。帝為長城縣公，後拜夫人。

2. 顏延之

《祭屈原文》《宋書・卷七十三・列傳第三十三》

時尚書令傅亮自以文義之美，一時莫及，延之負其才辭，不為之下，亮甚疾焉。廬陵王義真頗好辭義，待接甚厚。徐羨之等疑延之為同異，意甚不悅。少帝即位，以為正員郎，兼中書，尋徙員外常侍，出為始安太守。領軍將軍謝晦謂延之曰「昔荀勗忌阮咸，斥為始平郡，今卿又為始安，可謂二始」黃門郎殷景仁亦謂之曰「所謂俗惡俊異，世疵文雅」延之之郡，道經汨潭，為湘州刺史張紀祭屈原文以致其意，曰：

恭承帝命，建旟舊楚。訪懷沙之淵，得捐佩之浦。弭節羅潭，艤舟汨渚，敬祭楚三閭大夫屈君之靈：

蘭薰而摧，玉貞則折。物忌堅芳，人諱明潔。曰若先生，逢辰之缺。溫風迨時，飛霜急節。嬴、芊遘紛，昭、懷不端。謀折儀、尚，貞蔑椒、蘭。身絕郢闕，跡遍湘幹。比物荃蓀，連類龍鸞。聲溢金石，志華日月。如彼樹芬，實穎實發。望汨心欷，瞻羅思越。藉用可塵，昭忠難闕。

3. 劉杳

★（《南史・卷四十九・列傳第三十九》）

杳清儉無所嗜好，自居母憂，便長斷腥膻，持齋蔬食。臨終遺命「斂以法服，載以露車，還葬舊墓，隨得一地，容棺而已。不得設靈筵及祭醊」其子遵行之。撰《要雅》五卷，《楚辭草木疏》一卷，《高士傳》二卷，《東宮新舊記》三十卷，《古今四部書目》五卷，文集十五卷，並行於世。

4. 符瑞

★（《宋書・卷二十九・志第十九》）

孝武帝大明三年五月癸巳，宣城宛陵縣石亭山生野蠶，三百餘里，太守張辯以聞。孝武帝大明三年十一月己巳，肅慎氏獻楛矢石砮，高麗國譯而至。大明五年正月戊午元日，花雪降殿庭。時右衛將軍謝莊下殿，雪集衣。還白，上以為瑞。於是公卿並作花雪詩。史臣按《詩》云「先集為霰」《韓詩》曰「霰，英也」花葉謂之英。《離騷》云「秋菊之落英」左思云「落英飄濆」是也。然則霰為花雪矣。草木花多五出，花雪獨六出。

5. 謝靈運

★《山居賦》（《宋書・謝靈運傳》）

覽明達之撫運，乘機緘而理默。指歲暮而歸休，詠宏徽於刊勒。狹三閭之喪江，矜望諸之去國。選自然之神麗，盡高樓之意得。

慨伶倫之哀。衛女行而思歸詠，楚客放而防露作。

★《擬魏太子鄴中集詩八首並序》(《文選》卷三〇)

建安末，余時在鄴宮，朝遊夕口，究歡愉之極。天下良辰美景，賞心樂事，四者難並。今昆弟友朋，二三諸彥，共盡之矣。古來此娛，書籍未見，何者？楚襄王時有宋玉、唐景，梁孝王時有鄒、枚、嚴、馬，遊者美矣，而其主不文；漢武帝徐樂諸才，備應對之能，而雄猜多忌，豈獲晤言之適？不誣方將，庶必賢於今日爾。歲月如流，零落將盡，撰文懷人，感往增愴。

6. 劉義慶

★《世說新語・排調》(《世說新語》上海古籍出版社 1984 年影印王先謙校訂本)

王子猷詣謝公，謝曰：「云何七言詩？」子猷承問，答曰：「昂昂若千里之駒，泛泛若水中之鳧。」

★《世說新語・豪爽》(《世說新語》上海古籍出版社 1984 年影印王先謙校訂本)

王司州在謝公坐詠「入不言兮出不辭，乘回風兮載雲旗」，語人云：當爾時，覺一坐無人。

7. 沈約

《宋書・謝靈運傳》(《文選》卷五〇)

史臣曰：民稟天地之靈，含五常之德，剛柔迭用，喜慍分情。夫志動於中，則歌詠外發。六義所因，四始攸繫，升降謳謠，紛披風什。雖虞夏以前，遺文不睹，稟氣懷靈，理無或異。然則歌詠所興，宜自生民始也。周室既衰，風流彌著，屈平、宋玉，導清源於前，賈誼、相如，振芳塵於後，英辭潤金石，高義薄雲天。……至於先士茂制，諷高歷賞，子建函京之作，仲宣霸岸之篇，子荊零雨之章，正長朔風之句，並直舉胸情，非傍詩史，正以音律調韻，取高前式。自《騷》人以來，而此秘未睹。至於高言妙句，音韻天成，皆暗與理合，匪由思至。張、蔡、曹、王，曾無先覺，潘、陸、謝、顏，去之彌遠。世之知音者，有以得之，知此言之非謬。如曰不然，請待來哲。

《答陸厥書》（嚴可均輯：《全上古三代秦漢三國六朝文》，《全梁文》卷二十八，第3116頁。）

宮商之聲有五，文字之別累萬。以累萬之繁，配五聲之約，高下低昂，非思力所學，又非止若斯而已也。十字之文，顛倒相配；字不過十，巧歷已不能盡；何況復過於此者乎！靈均以來，未經用之於懷抱，固無從得其彷彿矣。……此則陸生之言，即復不盡者矣。韻與不韻，復有精粗。輪扁不能言，老夫亦不盡辨此。（《南齊書・陸厥傳》）

8. 江淹

★《麗色賦》（影印清光緒五年信述堂刊明張浦《漢魏六朝百三名家集》本《江醴陵集》）

楚臣既放，魂往江南。弟子曰玉，飾配釋佩解驂。瀠瀠淥水，嫋嫋青衫。乃召巫史，茲憂何止。史曰：臣野膠學蔽理，臣之所知，獨有麗色之說耳！夫絕代獨立者，信東鄰之佳人。

★《宋故銀青光祿大夫孫敻墓銘》

欷人徑之不平，歎天路之冥默；貴夫君之為美，播靈均與正則。

《雜體三十首・序》

夫楚謠漢風。既非一骨。魏制晉造。固亦二體。譬猶藍朱成彩。雜錯之變無窮。宮角為音。靡曼之態不極。故娥眉詎同貌，而俱動於魄；芳草寧共氣，而皆悅於魂，不其然歟！

9. 寶雲譯

★《佛本行經・卷五》

即持與大家，得之甚喜悅。遣人逐夫還，以寶瓔示之。高度見寶瓔，甚怖而長歎。即以酸楚辭，而告其妻曰：得無是懷毒，施惡加人者，調達設方便，欲壞滅吾耶。昨夜以寶瓔，擲吾舍中乎。其坐悶心頃，官司至其門。

★《佛本行經・卷七》

天散諸意花，續下如淋雨。諸天墮花地，鮮明始如敷。諸天塞虛空，眾寶供養佛。暢發悲楚辭，追歎佛功德。

10. 檀道鸞

★《續晉陽秋・卷二・穆帝》（檀道鸞《續晉陽秋》《文選・謝靈運傳論注》《世說》注三）

詢有才藻，善屬文。自司馬相如、王褒、揚雄諸賢，世尚詩賦，皆體則風騷，詩綜百家之言。及至建安而詩章大盛。逮乎西朝之末，潘、陸之徒雖時有質文，而宗師不異也。正始中王弼、何晏好莊子玄勝之談，而世遂貴焉。至國江，佛理尤盛，故郭璞五言，會合道家之言而韻之。詢及太原孫綽轉相祖尚，又加以三世之辭，而風騷之體盡矣。詢、綽並為一時文宗，自此作者悉體之。至義熙中，謝混始改之。

11. 劉敬叔

★《異苑・卷一》

長沙羅縣有屈原自投之川，山明水淨，異於常處。民為立廟在汨潭之西岸側，磐石馬跡尚存，相傳云原投川之日，乘白驥而來。

12. 鍾嶸

《詩品序》（嚴可均輯：《全上古三代秦漢三國六朝文》，《全梁文》卷五十五，第3275～3276頁。）

氣之動物，物之感人，故搖盪性情，形諸舞詠，照燭三才，暉麗萬有，靈祇待之以致饗，幽微藉之以照告；動天地，感鬼神，莫近於詩。

昔《南風》之辭，《卿雲》之頌，厥義敻矣。夏歌曰：「鬱陶乎予心」，楚謠曰：「名余曰正則」，雖詩體未全，然是五言之濫觴也。逮漢李陵，始著五言之目矣。古詩眇邈，人世難詳，推其文體，固是炎漢之制，非衰周之倡也。……

若夫春風春鳥，秋月秋蟬，夏雲暑雨，冬月祁寒，斯四候之感諸詩者也。嘉會寄詩以親，離群託詩以怨。至於楚臣去境，漢妾辭宮，或骨橫朔野，魂逐飛蓬；或負戈外戍，殺氣雄邊；塞客衣單，孀閨淚盡；……嶸之今錄，庶周遊於閭里，均之於談笑耳。

★《詩品・上品・漢都尉李陵》

其源出於《楚辭》，文多悽愴怨者之流。陵，名家子，有殊才。生命不諧，聲頹身喪。使陵不遭辛苦，其文亦何能至此！

★《詩品・上品・漢婕妤班姬》

其源出於李陵。「團扇」短章，詞旨清捷，怨深文綺，得匹婦之致。侏儒一節，可以知其工矣。

★《詩品・上品・魏侍中王粲》

其源出於李陵。發愀愴之詞，文秀而質羸。在曹、劉間別構一體。方陳思不足，比魏文有餘。

★《詩品・中品・魏文帝》

其源出於李陵，頗有仲宣之體。

13. 劉勰（《文心雕龍》，人民文學出版社 1958 年范文瀾注本。）

《宗經》

夫文以行立，行以文傳，四教所先，符採相濟。勵德樹聲，莫不師聖，而建言修辭，鮮克宗經。是以楚豔漢侈，流弊不還，正末歸本，不其懿歟！

《辨騷》

自《風》《雅》寢聲，莫或抽緒，奇文鬱起，其《離騷》哉！固已軒翥詩人之後，奮飛辭家之前，豈去聖之未遠，而楚人之多才乎！昔漢武愛《騷》，而淮南作《傳》，以為：「《國風》好色而不淫，《小雅》怨誹而不亂，若《離騷》者，可謂兼之。蟬蛻穢濁之中，浮遊塵埃之外，皭然涅而不緇，雖與日月爭光可也。」班固以為：「露才揚己，忿懟沉江。羿澆二姚，與左氏不合；崑崙懸圃，非《經》義所載。然其文辭麗雅，為詞賦之宗，雖非明哲，可謂妙才。」王逸以為：「詩人提耳，屈原婉順。《離騷》之文，依《經》立義。駟虬乘鷖，則時乘六龍；崑崙流沙，則《禹貢》敷土。名儒辭賦，莫不擬其儀表，所謂『金相玉質，百世無匹』者也。」及漢宣嗟歎，以為「皆合經術」。揚雄諷味，亦言「體同詩雅」。四家舉以方經，而孟堅謂不合傳，褒貶任聲，抑揚過實，可謂鑒而弗精，玩而未核者也。

將覈其論，必徵言焉。故其陳堯舜之耿介，稱禹湯之祗敬，典誥之體也；譏桀紂之猖披，傷羿澆之顛隕，規諷之旨也；虬龍以喻君子，雲蜺以譬讒邪，比興之義也；每一顧而掩涕，歎君門之九重，忠怨之辭也：觀茲四事，同於《風》《雅》者也。至於託雲龍，說迂怪，豐隆求宓妃，鴆鳥媒娀女，詭異之辭也；康回傾地，夷羿彈日，木夫九首，土伯三目，譎怪之談也；依彭咸之遺則，從子胥以自適，狷狹之志也；士女雜坐，亂而不分，指以為樂，娛酒不廢，沉湎日夜，舉以為歡，荒淫之意也：摘此四事，異乎經典者也。

故論其典誥則如彼，語其誇誕則如此。固知《楚辭》者，體憲於三代，而風雜於戰國，乃《雅》《頌》之博徒，而詞賦之英傑也。觀其骨鯁所樹，肌膚所附，雖取熔《經》旨，亦自鑄偉辭。故《騷經》《九章》，朗麗以哀志；《九歌》《九辯》，綺靡以傷情；《遠遊》《天問》，瑰詭而慧巧，《招魂》《大招》，耀豔而採深華；《卜居》標放言之致，《漁父》寄獨往之才。故能氣往轢古，辭來切今，驚采絕豔，難與並能矣。

自《九懷》以下，遽躡其跡，而屈宋逸步，莫之能追。故其敘情怨，則鬱伊而易感；述離居，則愴怏而難懷；論山水，則循聲而得貌；言節侯，則披文而見時。是以枚賈追風以入麗，馬揚沿波而得奇，其衣被詞人，非一代也。故才高者菀其鴻裁，中巧者獵其豔辭，吟諷者銜其山川，童蒙者拾其香草。若能憑軾以倚《雅》《頌》，懸轡以馭楚篇，酌奇而不失其貞，玩華而不墜其實，則顧盼可以驅辭力，欬唾可以窮文致，亦不復乞靈於長卿，假寵於子淵矣。

贊曰：不有屈原，豈見離騷。驚才風逸，壯志煙高。山川無極，情理實勞，金相玉式，豔溢錙毫。

★《明詩》

逮楚國諷怨，則《離騷》為刺。

★《樂府》

延年以曼聲協律，朱、馬以騷體制歌。

《詮賦》

《詩》有六義，其二曰賦。賦者，鋪也，鋪采摛文，體物寫志也。昔邵公稱：「公卿獻詩，師箴瞍賦」。傳云：「登高能賦，可為大夫。」詩序則同義，傳說則異體。總其歸途，實相枝幹。故劉向明「不歌而頌」，班固稱「古詩之流也」。至如鄭莊之賦《大隧》，士蔿之賦《狐裘》，結言拉韻，詞自己作，雖合賦體，明而未融。及靈均唱《騷》，始廣聲貌。然則賦也者，受命於詩人，而拓宇於《楚辭》也。於是荀況《禮》《智》，宋玉《風》《釣》，爰錫名號，與詩畫境，六義附庸，蔚成大國。遂述客主以首引，極聲貌以窮文。斯蓋別詩之原始，命賦之厥初也。秦世不文，頗有雜賦。漢初詞人，順流而作。陸賈扣其端，賈誼振其緒，枚馬播其風，王揚騁其勢，皋朔已下，品物畢圖。繁積於宣時，校閱於成世，進御之賦，千有餘首，討其源流，信興楚而盛漢矣。

……觀夫荀結隱語，事數自環，宋發誇談，實始淫麗。

★《頌讚》

及三閭《橘頌》，情采芬芳，比類寓意，又覃及細物矣。

★《祝盟》

若夫《楚辭・招魂》，可謂祝辭之組纚也。

★《哀弔》

自賈誼浮湘，發憤弔屈。體同而事核，辭清而理哀，蓋首出之作也……揚雄弔屈，思積功寡，意深文略，故辭韻沈膇。

★《雜文》

宋玉含才，頗亦負俗，始造對問，以申其志，放懷寥廓，氣實使文。

★《諧隱》

昔齊威酣樂，而淳于說甘酒；楚襄宴集，而宋玉賦好色。意在微諷，有足觀者。

★《神思》

淮南崇朝而賦《騷》，枚皋應詔而成賦，子建援牘如口誦，仲宣舉筆似宿構，阮瑀據案而制書，禰衡當食而草奏，雖有短篇，亦思之速也。

《通變》

暨楚之騷文，矩式周人；漢之賦頌，影寫楚世；魏之篇製，顧慕漢風；晉之辭章，瞻望魏采。搉而論之，則黃唐淳而質，虞夏質而辨，商周麗而雅，楚漢侈而豔，魏晉淺而綺，宋初訛而新。從質及訛，彌近彌澹，何則？競今疏古，風昧氣衰也。

今才穎之士，刻意學文，多略漢篇，師範宋集，雖古今備閱，然近附而遠疏矣。

《定勢》

是以模經為式者，自入典雅之懿；效《騷》命篇者，必歸豔逸之華；綜意淺切者，類乏醞藉；斷辭辨約者，率乖繁縟：譬激水不漪，槁木無陰，自然之勢也。

《情采》

昔詩人什篇，為情而造文；辭人賦頌，為文而造情。何以明其然？蓋風雅之興，志思蓄憤，而吟詠情性，以諷其上，此為情而造文也；諸子之徒，心非鬱陶，苟馳誇飾，鬻聲釣世，此為文而造情也。故為情者要約而寫真，為文者淫麗而煩濫。而後之作者，採濫忽真，遠棄風雅，近師辭賦，故體情之制日疏，逐文之篇愈盛。

《聲律》

又詩人綜韻，率多清切，《楚辭》辭楚，故訛韻實繁。及張華論韻，謂士衡多楚，《文賦》亦稱不易，可謂銜靈均之餘聲，失黃鐘之正響也。

《章句》

尋二言肇於黃世，《竹彈》之謠是也；三言興於虞時，《元首》之詩是也；四言廣於夏年，《洛汭之歌》是也；五言見於周代，《行露》之章是也。六言七言，雜出《詩》《騷》；兩體之篇，成於西漢。情數運周，隨時代用矣。

……又詩人以「兮」字入於句限，《楚辭》用之，字出於句外。尋兮字承句，乃語助餘聲。舜詠《南風》，用之久矣，而魏武弗好，豈不以無益文義耶！

★《麗辭》

宋玉《神女賦》云：「毛嬙鄣袂，不足程序；西施掩面，比之無色。」此事對之類也。仲宣《登樓》云：「鍾儀幽而楚奏，莊舄顯而越吟。」此反對之類也。

《比興》

楚襄信讒，而三閭忠烈，依《詩》製《騷》，諷兼「比」、「興」。炎漢雖盛，而辭人誇毗，詩刺道喪，故興義銷亡。

……宋玉《高唐》云：「纖條悲鳴，聲似竽籟」，此比聲之類也；

★《誇飾》

自宋玉、景差，誇飾始盛。

《事類》

觀夫屈宋屬篇，號依詩人，雖引古事，而莫取舊辭。唯賈誼《鵩賦》，始用鶡冠之說；相如《上林》，撮引李斯之書，此萬分之一會也。

《時序》

春秋以後，角戰英雄，六經泥蟠，百家飆駭。方是時也，韓魏力政，燕趙任權；五蠹六虱，嚴於秦令；唯齊、楚兩國，頗有文學。齊開莊衢之第，楚廣蘭臺之宮，孟軻賓館，荀卿宰邑，故稷下扇其清風，蘭陵鬱其茂俗，鄒子以談天飛譽，騶奭以雕龍馳響，屈平聯藻於日月，宋玉交采於風雲。觀其豔說，則籠罩《雅》《頌》，故知暐燁之奇意，出乎縱橫之詭俗也。

……爰自漢室，迄至成哀，雖世漸百齡，辭人九變，而大抵所歸，祖述《楚辭》，靈均餘影，於是乎在。

《物色》

及《離騷》代興，觸類而長，物貌難盡，故重沓舒狀，於是「嵯峨」之類聚，葳蕤之群積矣。及長卿之徒，詭勢瑰聲，模山范水，字必魚貫，所謂詩人麗則而約言，辭人麗淫而繁句也。

……若乃山林皋壤，實文思之奧府，略語則闕，詳說則繁。然則屈平所以能洞監《風》《騷》之情者，抑亦江山之助乎？

《才略》

戰代任武，而文士不絕。諸子以道術取資，屈宋以《楚辭》發采。

……相如好書，師範屈宋，洞入誇豔，致名辭宗。然核取精意，理不勝辭，故揚子以為「文麗用寡者長卿」，誠哉是言也！王褒構采，以密巧為致，附聲測貌，泠然可觀。

……王逸博識有功，而絢采無力。

《知音》

然而俗監之迷者，深廢淺售，此莊周所以笑《折揚》，宋玉所以傷《白雪》也。昔屈平有言：「文質疏內，眾不知余之異采。」見異唯知音耳。

《程器》

然子夏無虧於名儒，濬沖不塵乎竹林者，名崇而譏減也。若夫屈賈之忠貞，鄒枚之機覺，黃香之淳孝，徐幹之沉默，豈曰文士，必其玷歟？……贊曰：瞻彼前修，有懿文德。聲昭楚南，采動梁北。雕而不器，貞幹誰則。豈無華身，亦有光國。

《序志》

蓋文心之作也，本乎道，師乎聖，體乎短，酌乎緯，變乎騷，文之樞紐，亦云極矣。

14. 劉峻（《世說新語》，上海古籍出版社 1982 年影印王先謙校訂本）

★《世說新語注》

《續晉陽秋》曰：（許）詢有才藻，善屬文。自司馬相如、王褒、揚雄諸賢，世尚賦頌，皆體則詩、騷，旁綜百家之言。及至建安而詩章大盛，逮乎西朝之末，潘、陸之徒，雖時有質文而宗歸不異也。正始中，王弼、何晏好莊老玄勝之談，而世遂貴焉。至過江，佛理尤盛，故郭璞五言，始會合道家之言而韻之。詢及太原孫綽，轉相祖尚，又加以三世之辭，而《詩》《騷》之體盡矣。詢、綽並為一時文宗，自此作者悉體之。至義熙中，謝混始改。

……《中興書》：萬善屬文，能談論，萬集載其敘四隱四顯為八賢之論，謂漁夫、屈原、季主、賈誼、楚老、龔勝、孫登、嵇康也。其旨以處者為憂，出者為劣。孫綽難之，以謂體玄識遠者，出處同歸。文多不載。

……今欲使吾為忠也，即當如伍胥、屈平。

……鑿齒以神農生於黔中；《召南》詠其美化，《春秋》稱其多才，《漢廣》之風，不同《雞鳴》之篇；子文、叔敖，羞與管、晏比德；接輿之歌鳳兮，漁父之詠《滄浪》，漢陰丈人之折子貢，市南宜僚、屠羊說之不為利回；魯仲連不及老萊夫妻，田光之於屈原，……

★《辯命論》（梁書卷五〇本傳、藝文類聚二一、全梁文卷五七）

文公（足蹇）其尾，宣尼絕其糧，顏回敗其叢蘭，冉耕歌其芣苡，夷叔斃淑媛之言，子輿困臧倉之訴，聖賢且猶若此，而況庸庸者乎？至乃伍員浮屍於江流，三閭沈骸於湘渚。賈大夫沮志於長沙，馮都尉皓髮於郎署；君山鴻漸，鎩翮羽儀於高雲，敬通鳳起，摧迅翮於風穴：此豈才不足而行有遺哉？

15. 蕭衍

★《置謗木肺石函》（《梁書・武帝紀》）

可於公車府謗木、肺石傍各置一函……身才高妙，擯壓莫通，懷傅、呂之術，抱屈、賈之歎，其理有皦然……並可投肺石函。

★《責賀琛》（《梁書・賀琛傳》）

卿珥貂紆組，博問洽聞，不宜同於郤茸，止取名字，宣之行路。言「我能上事，明言得失，恨朝廷之不能用」。或誦《離騷》「蕩蕩其無人，遂不禦乎千里」。或誦《老子》「知我者希，則我貴矣」。如是獻替，莫不能言，正旦虎樽，皆其人也。卿可分別言事，啟乃心，沃朕心。

16. 吳均

★《八公山賦》(《藝文類聚》卷七)

維英王兮好仙，會八公兮小山。駕飛龍兮翩翩，高弛兮衝天。

★《續齊諧記》

五月絲粽

屈原五月五日投汨羅水，楚人哀之。至此日，以竹筒子貯米，投水以祭之。漢建武中，長沙區曲忽見一士人，自云三閭大夫。謂曲曰「聞君當見祭，甚善，常年為蛟龍所竊。今若有惠，當以楝葉塞其上，以彩絲纏之。此二物蛟龍所憚」曲依其言。今五月五日作粽，並帶楝葉五花絲，遺風也。

17. 裴子野

《雕蟲論並序》(嚴可均輯：《全上古三代秦漢三國六朝文》，《全梁文》卷五十三，第3262頁。)

古者四始六藝，總而為詩，既形四方之氣，且彰君子之志，勸美懲惡，王化本焉。後之作者，思存枝葉，繁華蘊藻，用以自通。若悱惻芳芬，楚騷為之祖，靡漫容與，相如和其音。由是隨聲逐影之儔，棄指歸而無執，賦詩歌頌，百帙五車，蔡應等之俳優，揚雄悔為童子，聖人不作，雅鄭誰分。其五言為家，則蘇李自出，曹劉偉其風力，潘陸固其枝葉。爰及江左，稱彼顏謝，箴繡鞶帨，無取廟堂。宋初迄於元嘉，多為經史。大明之代，實好斯文，高才逸韻，頗謝前哲，波流相尚，滋有篤焉。自是閭閻年少，貴遊總角，罔不擯落六藝，吟詠情性，學者以博依為急務，謂章句為專魯，淫文破典，斐爾為功。無被於管絃，非止乎禮義，深心主卉木，遠致極風雲，其興浮，其志弱，巧而不要，隱而不深，討其宗途，亦有宋之風也，若季子聆音，則非興國，鯉也趨室，必有不敢。荀卿有言，亂代之征，文章匿而采，斯豈近之乎。

18. 劉孝綽

★《啟謝東宮》(《梁書・劉孝綽傳》)

鄒陽有言：士無賢愚，入朝見嫉。至若臧文之下展季，靳尚之放靈均，絳候之排賈生，平津之陷主父。自茲闕後，其徒實繁，曲筆短辭，不暇殫述。

19. 庾肩吾

★《謝賚橘啟》(《藝文類聚》卷八六)

光分璿宿舍，影接銅峰。去青馬之迢遞，服朱闔之爽塏。焚原洪筆，頌記不遷；陳王麗藻，賦稱遙植。昔朝歌季重，才賜而魚；大理元常、止蒙秋菊。

20. 張纘

《南征賦》(《梁書・張緬傳》)

稅遺構之舊浦，瞻汨羅以隕泗；豈懷寶而迷邦，猶殷勤而一致。蘊芳華以孁積，非黨人之所媚；合《小雅》之怨辭，兼《國風》之美志。譬彈冠而振衣，猶自別於泥滓；且殺身以成義，寧露才而揚己？悲先生之不辰，逢椒、蘭之妒美；有驊騮而不馭，焉遑遑於千里。

斯邦之舊也。有虞巡方以託終，夏后開圖而疏決，太伯讓嗣以來遊，□臣祈仙而齊潔。固是明王之塵軌，聖賢之蹤轍也。若夫屈平《懷沙》之賦，賈子游湘之篇，史遷摛文以投弔，揚雄《反騷》而沉川。其風謠雅什，又是詞人之所流連也。

21. 何之元

★《梁典總論》(《文苑英華》卷七五四)

人君雖敏，有所不周；人君雖明，有所不照，豈可專於親覽，忘彼責成？就此而言，大失有二：習守膠之弊，棄更張之善。屈子投江，寧論其痛；賈生慟哭，豈喻斯悲。

22. 蕭統

《文選序》(嚴可均輯:《全上古三代秦漢三國六朝文》,《全梁文》卷二十，第3067～3068頁。)

式觀元始，眇覿玄風。冬穴、夏巢之時，茹毛飲血之世，世質民淳，斯文未作。逮乎伏羲氏之王天下也，始畫八卦，造書契，以代結繩之政，由是文籍生焉。《易》曰:「觀乎天文，以察時變；觀乎人文，以化成天下。」文之時義遠矣哉！若夫椎輪為大輅之始，大輅寧有椎輪之質；增冰為積水所成，積水曾微增冰之凜。何哉？蓋踵其事而增華，變其本而加厲。物既有之，文亦宜然。隨時變改，難可詳悉。……遠自周室，迄於聖代，都為三十卷，名曰《文選》云耳。凡次文之體，和以匯聚。詩、賦體既不一，又以類分；類分之中，各以時代相次。

23. 蕭綱

★《與湘東王書》（嚴可均輯：《全上古三代秦漢三國六朝文》，《全梁文》卷十一，第 3011 頁。）

吾輩亦無所遊賞，止事披閱，性既好文，時復短詠，雖是庸音，不能閣筆，有慚伎癢，更同故態。比見京師文體，儒鈍殊常，競學浮疏，爭為闡緩，玄冬修夜，思所不得。既殊比興，正背風騷。……但以當世之作，歷方古之才人，遠則楊、馬、曹、王，近則潘、陸、顏、謝，而觀其遣辭用心，了不相似。

24. 蕭繹

《金樓子・立言》（卷四・九下）（四庫全本《金樓子》）

古之學者有二，今之學者有四。夫子門徒轉相師受，通聖人之經者，謂之儒；屈原、宋玉、枚乘、長卿之徒，止於辭賦，則謂之文。

★《金樓子・說蕃》（卷四・篇八）

劉安有文才，好書鼓琴，不喜弋獵狗馬馳聘。行陰德，拊循百姓，沽名譽，招致賓客方術之士數千人，作《內書》二十一篇，外書甚眾。又有《中篇》八篇，言神仙黃白之術，亦二十餘萬言。時武帝方好藝文，以安屬為諸父，辯博善為文辭，甚尊重之。每為報書及賜，常召司馬相如等視草，乃遣初安入朝獻。所作《內篇》新出，上愛秘之，使為《離騷傳》，旦受詔，日食時上，又獻頌及賦。每見談說，昏暮而罷。

★《庾肩吾墓誌》（《藝文類聚》卷四八）

荊山萬重，地產卞和之玉；隨流千仞，水出靈蛇之珠。故能胤茲屈、景，育思唐、宋。

25. 蕭詧

★《愍時賦》(《周書・蕭詧傳》)

驗往記以瞻今，何名高而實寡。寂寥井邑，荒涼原野。徒揄揚於宋玉，空稱嗟於司馬。南方卑而歎屈，長沙濕而悲賈。

26. 江淹

★《燈賦》(《全梁文・卷三十四》)

……至夫霜封園橘，冰裂池蓀。雲雪無際，河海方昏。冬膏既凝，冬箭未度。悁連冬心，寂歷冬暮，亦復朱燈空明，但為君故。乃知燈之為寶，信可賦也。王遂贊善，澄意斂神。屈原才華，宋玉英人。恨不得與之同時，結佩其紳。今子凝章挺秀，近出嘉賓，吐蘅吐蕙，含瓊含瑁，璀驂雕輦，以愛國之有臣焉。〔《本集》,《藝文類聚》八十,《初學記》二十五〕

27. 蕭洽

★(《梁書・卷四十一・列傳第三十五》)

(蕭)洽，字宏稱，介從父兄也。父惠基，齊吏部尚書，有重名前世。洽幼敏寤，年七歲，誦《楚辭》略上口。及長，好學博涉，亦善屬文。

28.宗懍

★《荊楚歲時記》隋・杜公瞻注

五月俗稱惡月，多禁忌曝床薦席，及忌蓋屋。五月五日，謂之浴蘭節。四民並蹋百草之戲，採艾以為人，懸門戶上，以禳毒氣。以菖蒲或鏤或屑以泛酒。是日競渡、採雜藥。

29. 酈道元

《水經・湘水注》(《水經注》上海人民出版社 1984 年王國維《水經注校》本。)

汨水又西，徑玉笥山。羅含《湘中記》云：屈潭之左，有玉笥山，道士遺言，此福地也，一曰地腳山。汨水又西為屈潭，即汨羅淵也。屈原懷沙自沉於此，故淵潭以屈為名。昔賈誼、史遷皆嘗徑此，弭檝江波，投弔於淵。淵北有屈原廟，廟前有碑。又有《漢南太守程堅碑》，寄在原廟。

30. 劉獻之

★（《北史．卷八十一．列傳第六十九．儒林上》）

劉獻之，博陵饒陽人也。少而孤貧，雅好《詩》《傳》。曾受業於勃海程玄，後遂博觀眾籍。見名法之言，掩卷而笑曰「若使楊、墨之流，不為此書，千載誰知其小也」曾謂其所親曰「觀屈原《離騷》之作，自是狂人，死其宜矣。孔子曰無可無不可，實獲我心」時人有從獻之學者，獻之輒謂之曰「人之立身，雖百行殊塗，準之四科，要以德行為首。子若能入孝出悌，忠信仁讓，不待出戶，天下自知。倘不能然，雖復下帷針股，躡屩從師，正可博聞多識，不過為土龍乞雨，眩惑將來。其於立身之道，有何益乎。孔門之徒，初亦未悟，見皋魚之歎，方乃歸而養親。嗟乎。先達何自覺之晚也」由是四方學者，莫不高其行義，希造其門。

31. 元宏

★《詔劉芳》（《魏書．劉芳傳》）

其語云：「高祖遷洛，路由朝歌，見殷比干墓，愴然悼懷，為文以弔之。芳為注解，表上之。」

32. 盧玄

★（《魏書．卷四十七．列傳第三十五》）

元明善自標置，不妄交遊，飲酒賦詩，遇興忘返。性好玄理，作史子新論數十篇，文筆別有集錄。少時常從鄉還洛，途遇相州刺史、中山王熙。熙博識之士，見而歎曰「盧郎有如此風神，唯須誦《離騷》，飲美酒，自為佳器。」遂留之數日，贈帛及馬而別。元明凡三娶，次妻鄭氏與元明兄子士啟淫污，元明不能離絕。又好以世地自矜，時論以此貶之。

33. 顏之推（《顏氏家訓集解》上海古籍出版社 1980 年版王利器本）

《文章》

然而自古文人，多陷輕薄：屈原露才揚己，顯暴君過；宋玉體貌容冶，見遇俳優；東方曼倩，滑稽不雅；司馬長卿，竊貲無操；王褒過章《僮約》；揚雄德敗《美新》；……凡此諸人，皆其翹秀者，不能悉紀，大較如此。……自子游、子夏、荀況、孟軻、枚乘、賈誼、蘇武、張衡、左思之儔，有盛名而免過患者，時復聞之，但其損敗居多耳。

……或問揚雄曰：「吾子少而好賦？」雄曰：「然。童子雕蟲篆刻，壯夫不為也。」余竊非之曰：虞舜歌《南風》之詩，周公作《鴟鴞*〉》之詠，吉甫、史克《雅》《頌》之美者，未聞皆在幼年累德也。孔子曰：「不學《詩》，無以言。」「自衛返魯，樂正，《雅》，《頌》各得其所。」大明孝道，引《詩》證之。揚雄安敢忽之也？若論「詩人之賦麗以則，辭人之賦麗以淫」，但知變之而已，又未知雄自為壯夫何如也？著《劇秦美新》，妄投於閣，周章怖慴，不達天命，童子之為耳。桓譚以勝老子，葛洪以方仲尼，使人歎息。此人直以曉算術，解陰陽，故著《太玄經》，數子為所惑耳；其遺言余行，孫卿、屈原之不及，安敢望大聖之清塵？且《太玄》今竟何用乎？不啻覆醬瓿而已。

★《省事》

上書陳事，起自戰國，逮於兩漢，風流彌廣。原其體度：攻人主之長短，諫諍之徒也；訐群臣之得失，訟訴之類也；陳國家之利害，對策之伍也；帶私情之與奪，游說之儔也。總此四塗，賈誠以求位，鬻言以干祿。或無絲毫之益，而有不省之困，幸而感悟人主，為時所納，初獲不貲之賞，終陷不測之誅，則嚴助、朱買臣、吾丘壽王、主父偃之類甚眾。良史所書，蓋取其狂狷一介，論政得失耳，非士君子守法度者所為也。今世所睹，懷瑾瑜而握蘭桂者，悉恥為之。

★《音辭》

夫九州之人，言語不同，生民已來，固常然矣。自《春秋》標齊言之傳，《離騷》目《楚辭》之經，此蓋其較明之初也。

★《古意二首》（《藝文類聚》卷二六）

十五好詩書，二十彈冠仕。楚王賜顏色，出入章華里。作賦凌屈原，讀書誇左史。數從明月燕，或侍朝雲祀。登山摘紫芝，泛江采綠芷。

歌舞未終曲，風塵暗天起。吳師破九龍，秦兵割千里。狐兔穴宗廟，霜露沾朝市。璧入邯鄲宮，劍去襄城水。獲殉陵墓，獨生良足恥。

憫憫思舊都，惻惻懷君子。白髮窺明鏡，憂傷沒余齒。

34. 庾信

《趙國公集序》（《漢魏六朝百三家集》本《庾開府集》）

昔者屈原、宋玉始於哀怨之深；蘇武、李陵生於別離之世。自魏建安之末，晉太康以來，雕蟲篆刻，其體三變，人人自謂握靈蛇之珠，抱荊山之玉矣。

35. 劉晝

★《劉子・正賞》（上海涵芬樓影印正統道藏本《劉子》）

宋人得燕石以為美玉，銅匣而藏之。後知是石，因捧匣而棄之。此為未識玉也。郢人為賦，託以靈均，舉世而誦之。後知其非，皆緘口而捐之。此為未知文也。

附錄三：魏晉南北朝楚辭體文學作品目錄

說明：

1. 本附錄分為楚辭體詩和楚辭體賦，所列作品大部分出自逯欽立輯校的《先秦漢魏晉南北朝詩》及嚴可均輯《全上古三代秦漢三國六朝文》，作品名後先列最早典籍版本，後列在以上兩書中的頁碼。
2. （清）嚴可均輯：《全上古三代秦漢三國六朝文》，北京：中華書局，1958 年版。在本附錄中以《全後漢文》《全三國文》《全晉文》等等為簡。逯欽立輯校：《先秦漢魏晉南北朝詩》，北京：中華書局，1983 年版。在本附錄中稱作《先秦詩》。
3. 本附錄錄 88 位作家的作品。

楚辭體詩作家作品

漢末魏時期

1. 蔡琰：

   《悲憤詩》《先秦詩》，第 200～201 頁。

2. 應瑒（177～217）：

   《七言詩》（書鈔百五十二）《先秦詩》，第 389 頁。

3. 曹植（192～232）：

《歌》（文選三十四，又類聚五十七引仇、由、修三韻）《先秦詩》，第 443 頁。

《離友詩並序》《先秦詩》，第 460～461 頁。

《九詠》《全三國文》，第 1131 頁。

《遙逝》（《北堂書鈔》一百五十八）《全三國文》，第 1131 頁。

4. 阮籍（210～263）：

《大人先生歌》《先秦詩》，第 511 頁。

5. 嵇康（224～263）：

《思親詩》《先秦詩》，第 490～491 頁。

《琴歌》《先秦詩》，第 491 頁。

兩晉時期

6. 傅玄（217～278）：

《歷九秋篇》《先秦詩》，第 561～562 頁。

《吳楚歌》《先秦詩》，第 562 頁。

《西長安行》《先秦詩》，第 564 頁。

《車遙遙篇》《先秦詩》，第 565 頁。

《昔思君》《先秦詩》，第 565 頁。

《驚雷歌》《先秦詩》，第 567 頁。

《擬四愁詩四首》《先秦詩》，第 573～574 頁。

《歌》《先秦詩》，第 575 頁。

7. 王異：

《春可樂》（《書鈔》一百五十五）《全晉文》，第 1571 頁。

8. 夏侯湛（243～291 年）：

《春可樂》（《御覽》九百六十九）《全晉文》，第 1852 頁。

《秋可哀》（《御覽》五十六）《全晉文》，第 1853 頁。

《秋夕哀》（《藝文類聚》三）《全晉文》，第 1853 頁。

《長夜謠》（《藝文類聚》十九）《全晉文》，第 1853 頁。

《山路吟》（《藝文類聚》七）《全晉文》，第 1853 頁。

《離親詠》（《藝文類聚》二十）《全晉文》，第 1853 頁。

《江上泛歌》（《藝文類聚》八）《全晉文》，第 1853 頁。

《征邁辭》（《御覽》三百五十八）《全晉文》，第 1853 頁。

9. 董京：

《答孫楚詩》《先秦詩》，第 601 頁。

10. 張載：

《擬四愁詩四首》《先秦詩》，第 642 頁。

11. 石崇（249 年～300）：

《思歸歎並序》（《藝文類聚》二十八）《全晉文》，第 1650 頁。

12. 陸雲（262～303）：

《九愍》《全晉文》，第 2036 頁。

13. 張翰：

《思吳江歌》《先秦詩》，第 738 頁。

14. 何瑾：

《悲秋夜》《全晉文》，第 2267 頁。

15. 湛方生：

《懷歸謠》《全晉文》，第 2269 頁。

《秋夜》（《藝文類聚》三）《全晉文》，第 2268 頁。

16. 廬山夫人女婉：

《撫琴歌》《先秦詩》，第 1126 頁。

17. 無名氏：

《武陵人歌》《先秦詩》，第 1022 頁。

南北朝時期

18. 王韶之（380～435）：

《詠雪離合》（《御覽》十二。）《全宋文》，第 2533 頁。

19. 謝靈運（385～433）：

《鞠歌行》《先秦詩》，第 1152 頁。

《侍泛舟贊》（《初學記》二十五。）《全宋文》，第 2618 頁。

20. 謝晦（390～426）：

《悲人道》（《宋書・謝晦傳》。）《全宋文》，第 2621 頁。

21. 徐爰（397～475）：

《華林北澗詩》《先秦詩》，第 1322 頁。

22. 袁淑（408～453）：

《詠寒雪詩》《先秦詩》，第 1212～1213 頁。

23. 鮑照（約 41～470）：

《與謝尚書莊三連句》《先秦詩》，第 1312 頁。

24. 謝莊（421～466）：

《山夜憂吟》（《藝文類聚》七）《全宋文》，第 2626 頁。

《懷園引》（藝文類聚六十五。）《全宋文》，第 2626 頁。

《黃門侍郎劉琨之誄》（《藝文類聚》四十八。）《全宋文》，第 2631～2632 頁。

25. 王融（466～493）：

《發願莊嚴篇頌》《全齊文》，第 2863 頁。

26. 江淹（444～505）：

《謠》（秋雁度兮芳草殘）《先秦詩》，第 1586 頁。

《詩》（見上客兮心歷亂）《先秦詩》，第 1587 頁。

《雜三言五首》（《構象臺》《訪道經》《鏡論語》《悅曲池》《愛遠山》）《全梁文》，第 3150～3151 頁。

《應謝主簿騷體》《全梁文》，第 3150 頁。

《劉僕射東山集學騷》《全梁文》，第 3150 頁。

《山中楚辭五首》《全梁文》，第 3150 頁。

《遂古篇並序》（宣城本《醴陵集》五，《釋藏》駕七，《廣弘明集》三）《全梁文》，第 3151～3152 頁。

27. 柳惲（465～517）：

《芳林篇》《先秦詩》，第 1674 頁。

28. 朱異（483～549）：

《田飲引》（《藝文類聚》七十二）《全梁文》，第 3320 頁。

29. 車歉：

《車遙遙》《先秦詩》，第 2115 頁。

30. 張纘（499～549）：

《擬若有人兮》（《藝文類聚》五十六）《全梁文》，第 3333 頁。

31. 蕭統（501～531）：

《示雲麾弟》《先秦詩》第 1801～1802 頁。

32. 蕭綱（503～551）：

《應令詩》《先秦詩》，第 1978 頁。

33. 蕭繹（508～555）：

《秋風搖落》（《文苑英華》三百五十八，又《藝文類聚》五十六引首四語。）《全梁文》，第 3039 頁。

34. 拓跋宏（467～499）：

《懸瓠方丈竹堂饗侍臣聯句》《先秦詩》，第 2200 頁。

楚辭體賦作家作品

魏時期

1. 阮瑀（約 165～212）：

《紀征賦》（《藝文類聚》卷五九）《全後漢文》，第 973 頁。

2. 徐幹（170～217）：

《哀別賦》（《初學記》卷十八）《全後漢文》，第 975 頁。

3. 繁欽（？～218）：

《鳳闕賦》（《韻補》卷 1）

4. 王粲（177～217）：

《浮淮賦》(《書鈔》一百三十七，一百三十八，《藝文類聚》八，《初學記》六)《全後漢文》，第 958 頁。

《出婦賦》(《藝文類聚》三十)《全後漢文》，第 958 頁。

《思友賦》(《藝文類聚》三十四)《全後漢文》，第 959 頁。

《寡婦賦》(《文選・潘岳寡婦賦》注)《全後漢文》，第 959 頁。

《登樓賦》(《文選》《藝文類聚》六十三)《全後漢文》，第 959 頁。

《迷迭賦》(《藝文類聚》八十一)《全後漢文》，第 960 頁。

5. 應瑒（177～217）：

《愁霖賦》(《藝文類聚》二)《全後漢文》，第 699 頁。

《靈河賦》(《北堂書鈔》未改本一百三十七，一百七十八)《全後漢文》，第 699 頁。

《慜驥賦》(《藝文類聚》九十三)《全後漢文》，第 700 頁。

6. 繆襲（186～245）：

《喜霽賦》(《初學記》二《霽晴》八。)《全三國文》，第 1265 頁。

《籍田賦》(《御覽》三百三十九。)《全三國文》，第 1265 頁。

7. 曹丕（187～226）：

《臨渦賦(並序)》(《藝文類聚》八)《全三國文》，第 1072 頁。

《述征賦》(《水經・濁漳水注》)《全三國文》，第 1072 頁。

《浮淮賦(並序)》(《北堂書鈔》一百三十七，《藝文類聚》八，《初學記》六)《全三國文》，第 1072～1073 頁。

《感離賦(並序)》(《藝文類聚》三十)《全三國文》，第 1073 頁。

《寡婦賦(並序)》(《藝文類聚》三十四)《全三國文》，第 1073 頁。

《校獵賦》《全三國文》，第 1074 頁。

《迷迭賦並序》(《藝文類聚》八十一，《御覽》九百八十二)《全三國文》，第 1074 頁。

《柳賦並序》（《藝文類聚》八十九，《文選》石崇《王明君辭》注，《初學記》二十八，《御覽》九百五十七）《全三國文》，第1075頁。

《思親賦》（本篇已佚，殘句輯自中華書局影印《宋本韻補》卷一）

8. 曹植（192～232）：

《愁霖賦》（《藝文類聚》二）《全三國文》，第1122頁。

《秋思賦》（《藝文類聚》三十五，《北堂書鈔》一百五十四，《全三國文》，第1122頁。

《初學記》三，《御覽》二十五）《全三國文》，第1122頁。

《洛神賦並序》（《文選》，《藝文類聚》八，又七十九，《初學記》十九）《全三國文》，第1122～1123頁。

《洛陽賦》（《北堂書鈔》一百五十八）《全三國文》，第1123頁。

《遷都賦並序》（本書已佚，殘篇輯錄自中華書局縮印1935年商務印書館影宋本《太平御覽》卷一百九十八）《全三國文》，第1123頁。

《寡婦賦》（《文選》謝靈運《廣陵王墓下作詩》注）《全三國文》，第1125頁。

《感婚賦》（《藝文類聚》四十）《全三國文》，第1126頁。

《娛賓賦》（《初學記》十，又十四）《全三國文》，第1126頁。

《東征賦（並序）》（《藝文類聚》五十九，《御覽》三百三十六）《全三國文》，第1126頁。

《登臺賦》（《魏志・陳思王植傳》注引徐濬《魏紀》。又見《藝文類聚》六十二，《初學記》二十四）《全三國文》，第1126頁。

《臨觀賦》（《藝文類聚》六十三）《全三國文》，第1126頁。

《迷迭香賦》（《藝文類聚》八十一）《全三國文》，第1128～1129頁。

《白鶴賦》(《藝文類聚》九十，《初學記》三十)《全三國文》，第1129頁。

《離繳雁賦（並序)》(《藝文類聚》九十一，《初學記》三十)《全三國文》，第1129～1130頁。

《蟬賦》(《藝文類聚》九十七，徐本《初學記》三十)《全三國文》，第1130頁。

9. 鍾會（225～264)：

《菊花賦》《全三國文》，第1188頁。

《蒲萄賦（並序)》(《藝文類聚》八十七)《全三國文》，第1188頁。

10. 阮籍（210～263)：

《東平賦》《全三國文》，第1303～1304頁。

《首陽山賦》《全三國文》，第1304～1305頁。

《獼猴賦》《全三國文》，第1305頁。

《清思賦》《全三國文》，第1305頁。

《亢父賦》《全三國文》，第1306頁。

11. 嵇康（224～263)：

《琴賦》(《文選》，《藝文類聚》四十四，本集。)《全三國文》，第1319～1320頁。

兩晉時期

12. 向秀（227～272)：

《思舊賦（並序)》(《文選》，《藝文類聚》三十四，《晉書》本傳。)《全三國文》，第1876頁。

13. 傅玄（217～278)：

《喜霽賦》(《初學記》二，《霽晴》八)《全晉文》，第1714頁。

《陽春賦》(《全晉文》，第1714頁。

《大寒賦》《全晉文》，第 1714 頁。

《辟雍鄉飲酒賦》《全晉文》，第 1715 頁。

《潛通賦》《全晉文》，第 1715 頁。

《琵琶賦》(《全晉文》，第 1716 頁。

《李賦》《全晉文》，第 1718 頁。

《桃賦》《全晉文》，第 1718 頁。

《柳賦》《全晉文》，第 1718 頁。

《鷹賦》《全晉文》，第 1719 頁。

《鬥雞賦》《全晉文》，第 1720 頁。

《蟬賦》(《全晉文》，第 1721 頁。

14. 王異：

《白兔賦》(《初學記》二十九)《全晉文》，第 1571 頁。

15. 王沈：

《正會賦》(《初學記》四)《全晉文》，第 1618 頁。

《馬腦勒賦》(《御覽》三百五十八)《全晉文》，第 1618 頁。

16. 張華（232～300）：

《鷦鷯賦》(《文選》,《藝文類聚》九十二)《全晉文》，第 1790 頁。

17. 應貞（234～269）：

《蒲桃賦》(《御覽》九百七十二)《全晉文》，第 1660 頁。

18. 庾儵：

《冰井賦》(《初學記》二十八，《御覽》九百六十八。)《全晉文》，第 1667 頁。

19. 傅咸（239～294）：

《喜雨賦並序》(《藝文類聚》二。)《全晉文》，第 1750 頁。

《患雨賦》(《藝文類聚》二，宋本《初學記》二)《全晉文》，第 1750 頁。

《感涼賦（並序）》(《書鈔》一百五十六，《藝文類聚》五，《御覽》三十四，又七百十八)《全晉文》，第 1750 頁。

《鏡賦》(《書鈔》一百三十五，又一百三十六，《藝文類聚》七十，《初學記》二十五，《御覽》七百十七)《全晉文》，第1752頁。

《芸香賦並序》(《藝文類聚》八十一)(《全晉文》，第1753頁。

《梧桐賦》(《初學記》二十八)《全晉文》，第1754頁。

《儀鳳賦並序》(《初學記》三十)《全晉文》，第1754頁。

《螢火賦(並序)》(《藝文類聚》九十七，《初學記》三十，《御覽》九百四十五)《全晉文》，第1755頁。

20. 成公綏：

《天地賦(並序)》(《晉書·成公綏傳》)《全晉文》，第1794頁。

《大河賦》(《初學記》六)《全晉文》，第1795頁。

《琴賦》(《藝文類聚》四十四，《文選·別賦》注，《初學記》十六)《全晉文》，第1796頁。

《鴻雁賦(並序)》(《藝文類聚》九十，又《初學記》三十引三條)《全後魏文》，第1796～1797頁。

《鳥賦(並序)》(《初學記》三十)《全晉文》，第1797頁。

21. 孫楚(？～293)：

《雪賦》(《藝文類聚》二)《全晉文》，第1800頁。

《井賦》(《藝文類聚》九，《初學記》七)《全晉文》，第1800頁。

《菊花賦》(《藝文類聚》八十一)《全晉文》，第1801頁。

22. 棗據：

《船賦》(《藝文類聚》七十一。《北堂書鈔》一百三十七引兩條。《初學記》二十五。《御覽》七百七十引三條。)《全晉文》，第1845頁。

《逸民賦》《全晉文》，第1845頁。

23. 夏侯湛(243～291年)：

《雷賦》(《初學記》卷一)《全晉文》，第1850頁。

《大暑賦》(《藝文類聚》五，《初學記》三，又四。)《全晉文》，第 1850 頁。

《鞞舞賦》(《初學記》十五引兩條)《全晉文》，第 1850 頁。

《夜聽笳賦》(《藝文類聚》四十四)《全晉文》，第 1850 頁。

《宜男花賦》(《藝文類聚》八十一)《全晉文》，第 1851 頁。

《浮萍賦》(《藝文類聚》八十二，《初學記》二十七。)《全晉文》，第 1851 頁。

《石榴賦》(《藝文類聚》八十六，《初學記》二十八，《御覽》九百七十。)《全晉文》，第 1852 頁。

24. 摯虞：

《思遊賦》(《晉書・摯虞傳》)《全晉文》，第 1896 頁。

25. 張載：

《敘行賦》(《藝文類聚》二十七)《全晉文》，第 1949 頁。

《鞞舞賦（並序）》(《初學記》十五)《全晉文》，第 1949 頁。

26. 左芬（？～300)：

《離思賦》(《晉書・左貴嬪傳》)《全晉文》，第 1533 頁。

27. 潘岳（247～300)：

《秋興賦》(《文選》，《藝文類聚》三。)《全晉文》，第 1980 頁。

《寒賦》(《御覽》三十四)《全晉文》，第 1980 頁。

《悼亡賦》(《藝文類聚》三十四)《全晉文》，第 1985 頁。

《寡婦賦並序》(《文選》，《藝文類聚》三十四。)《全晉文》，第 1985 頁。

《籍田賦》(《文選》。《藝文類聚》三十九。)《全晉文》，第 1986 頁。

《朝菌賦》(《文選》鮑照《升天行》注)《全晉文》，第 1989 頁。

28. 潘尼（250～311）：

《苦雨賦》（《初學記》「霽晴」門，《御覽》十四。）《全晉文》，第 1999 頁。

《懷退賦》（《藝文類聚》二十六）《全晉文》，第 1999 頁。

29. 陸機（261～303）：

《愍思賦（並序）》（《藝文類聚》三十四）《全晉文》，第 2011 頁。

《大暮賦（並序）》（《藝文類聚》三十四。《初學記》十四，又略見《魏志・文帝紀》注，《御覽》五百五十一。）《全晉文》，第 2011～2012 頁。

30. 陸雲（262～303）：

《歲暮賦並序》（見《藝文類聚》三，《文選》謝叔源《遊西池詩》注，《初學記》三，《御覽》二十七。）《全晉文》，第 2031 頁。

《愁霖賦》（本集，又略見《藝文類聚》二。）《全晉文》，第 2031～2032 頁。

《登臺賦》（本集，又略見《藝文類聚》六十二。）《全晉文》，第 2032 頁。

《喜霽賦（並序）》（本集，又略見《藝文類聚》二，《初學記》二。）《全晉文》，第 2032 頁。

《逸民賦（並序）》（本集，《藝文類聚》三十六，《御覽》五十六作陸機，誤。又五百十。）《全晉文》，第 2033 頁。

31. 庾敳（262～311）：

《意賦》（《晉書・庾敳傳》）《全晉文》，第 1668 頁。

32. 江逌：

《風賦》（《藝文類聚》一）《全晉文》，第 2072 頁。

《井賦》（《藝文類聚》九，《初學記》七。）《全晉文》，第 2072 頁。

33. 孫惠（？～312？）：

《維車賦》（《御覽》八百二十五）《全晉文》，第 2119 頁。

《龜言賦》（《初學記》三十，《御覽》九百三十一。）《全晉文》，第 2120 頁。

34. 胡濟：

《瀍谷賦》（《藝文類聚》九）《全晉文》，第 2084 頁。

35. 王羲之（303～361？）：

《用筆賦》（《墨池編》）《全晉文》，第 1580 頁。

36. 李充（？～365？）：

《懷愁賦》（《初學記》十一）《全晉文》，第 1765 頁。

37. 李顒：

《雷賦》（《藝文類聚》二，《初學記》一）《全晉文》，第 1767 頁。

《悲四時賦》《全晉文》，第 1767 頁。

《感興賦》（《初學記》三）《全晉文》，第 1768 頁。

38. 劉瑾：

《甘樹賦》（《初學記》二十八）《全晉文》，第 2271 頁。

39. 徐廣（352～425）：

《秋賦》《全晉文》，第 2246 頁。

40. 陶淵明（365？～427）：

《感士不遇賦（並序）》《全晉文》，第 2095 頁。

41. 王邵之：

《春花賦》（《藝文類聚》八十八）《全晉文》，第 2292 頁。

南北朝時期

42. 謝靈運（385～433）：

《怨曉月賦》（《藝文類聚》一，《初學記》一，《御覽》四。）《全宋文》，第 2599 頁。

43. 王徽：

《芍藥華賦》(《藝文類聚》八十一。)《全宋文》，第2536頁。

44. 謝惠連（407～433）：

《甘賦》(《藝文類聚》八十六，《初學記》二十八。)《全宋文》，第2623頁。

45. 鮑照（約41～470）：

《遊思賦》(《藝文類聚》二十七)《全宋文》，第2687頁。

46. 謝莊（421～466）：

《月賦》《全宋文》，第2625頁。

《曲池賦》(《藝文類聚》九。)《全宋文》，第2625頁。

47. 伍輯之：

《柳花賦》(《藝文類聚》八十九，《初學記》二十八。)《全宋文》，第2661頁。

48. 卞伯玉：

《大暑賦》(藝文類聚五，《御覽》三十四)《全宋文》，第2661頁。

49. 劉駿（430～464）：

《傷宣貴妃擬漢武帝李夫人賦並序》(《宋書·始平王子鸞傳》，又《藝文類聚》三十四，又略見《文選》謝莊《宣貴妃誄》注。)《全宋文》，第2465頁。

50. 褚淵（435～482）：

《秋傷賦》(《初學記》三)《全齊文》，第2866頁。

51. 謝朓（464～499）：

《臨楚江賦》(本集，又見《初學記》四)《全齊文》，第2918頁。

《遊後園賦》(本集，又略見《藝文類聚》六十五)《全齊文》，第2920頁。

52. 王融（466～493）：

《擬風賦》(《藝文類聚》一，《初學記》一)《全齊文》，第 2854 頁。

53. 沈約（441～513）：

《愍衰草賦》(《藝文類聚》八十一)《全梁文》，第 3099～3100 頁。

《天淵水鳥應詔賦》(《藝文類聚》九十)《全梁文》，第 3100 頁。

54. 江淹（444～505）：

《赤虹賦》(《本集》，《藝文類聚》二，《初學記》二)《全梁文》，第 3140 頁。

《四時賦》(《本集》，《藝文類聚》三引夏、秋、冬三條)《全梁文》，第 3140 頁。

《江上之山賦》(《本集》《藝文類聚》七，《初學記》五。)《全梁文》，第 3140 頁。

《井賦》(《御覽》百八十九)《全梁文》，第 3141 頁。

《待罪江南思北歸賦》(《本集》，《藝文類聚》二十七)《全梁文》，第 3141 頁。

《別賦》(《文選》，《藝文類聚》三十)《全梁文》，第 3142 頁。

《去故鄉賦》(《本集》，《藝文類聚》三十)《全梁文》，第 3143 頁。

《哀千里賦》《全梁文》，第 3143 頁。

《傷友人賦》(《本集》，《藝文類聚》三十四)《全梁文》，第 3144 頁。

《傷愛子賦並序》(《本集》，《釋藏》策八，《廣弘明集》二十九下)《全梁文》，第 3144 頁。

《學梁王兔園賦並序》(《本集》，《藝文類聚》六十五，《初學記》二十四)《全梁文》，第 3145 頁。

《橫吹賦並序》《全梁文》，第3145～3146頁。

《扇上彩畫賦》（《本集》，《藝文類聚》六十九，《初學記》二十五）《全梁文》，第3147頁。

《丹砂可學賦並序》（《本集》，《藝文類聚》七十八。）《全梁文》，第3147頁。

《青苔賦並序》（《本集》，《藝文類聚》八十二，《初學記》二十七）《全梁文》，第3149頁。

《金燈草賦》《全梁文》，第3149頁。

55. 任昉（460～508）：

《賦體》（《藝文類聚》五十六）《全梁文》，第3187頁。

56. 王僧孺（465～522）：

《賦體》（《藝文類聚》五十六）《全梁文》，第3245頁。

57. 陸雲公：

《星賦》《全梁文》，第3259頁。

58. 裴子野（469～530）：

《寒夜賦》（《藝文類聚》五）《全梁文》，第3261頁。

59. 柳惲（？～513）：

《賦體》（《藝文類聚》五十六）《全梁文》，第3299頁。

60. 劉潛（484～550）：

《歡別賦》（《藝文類聚》三十，《初學記》十八）《全梁文》，第3314頁。

61. 王錫（499～534）：

《宿山寺賦》（《廣弘明集》二十九上）《全梁文》，第3300頁。

62. 蕭綱（503～551）：

《臨秋賦》（《藝文類聚》三）《全梁文》，第2994頁。

《採蓮賦》（《藝文類聚》八十二）《全梁文》，第2998頁。

63. 蕭繹（508～555）：

《蕩婦秋思賦》（《藝文類聚》三十二）《全梁文》，第3038頁。

《採蓮賦》《全梁文》，第 3038 頁。

《鴛鴦賦》(《藝文類聚》九十二)《全梁文》，第 3038 頁。

64. 徐陵（507～583）：

《鴛鴦賦》(《藝文類聚》九十二)《全陳文》，第 3431 頁。

65. 顧野王（519～581）：

《舞影賦》(《初學記》十五。)《全陳文》，第 3474 頁。

66. 陸瑜：

《琴賦》(《初學記》十六。)《全陳文》，第 3497 頁。

67. 褚玠（528～580）：

《風裏蟬賦》(《初學記》三十)《全陳文》，第 3494 頁。

68. 陳叔寶（553～604）：

《夜亭度雁賦》(《初學記》三十)《全陳文》，第 3420 頁。

69. 李顒：

《大乘賦》(《廣弘明集》二十九上。)《全後魏文》，第 3658 頁。

70. 陽固（466～523）：

《演賾賦》(《魏書・陽尼附傳》。)《全後魏文》，第 3731 頁。